中公文庫

青　　天

包判官事件簿

井上祐美子

中央公論新社

目次

青天

包判官事件簿

包拯、字を希仁。廬州合肥の人也。始め進士に挙がり、大理評事に除し、建昌県の知事に出す。父母皆老いるを以て、辞して就かず。和州の税の監を得るも、父母、また行くを欲せず。拯、すなわち官を解きて帰り養う。（中略）端州知事に徙り、殿中丞に遷る。端土、硯を産す、前守、貢に縁りて、率にして数十倍を取り以て権貴を遺す。拯、製するは貢の数に足るのみを命ず、歳満ちて一硯も持たず帰る——。

『宋史巻三百十六、列伝第七十五』より

雪冤記（せつえんき）

院子の芭蕉が影を落とす書院の、丸い窓際にその人影はあった。

「あの、知事さま」

遠慮がちに声をかけると、几の上からおっとりとした反応がもどってきた。

「はい、なんでしょうか」

声に似合いの、おだやかな表情だった。

いつものことだが、孫懐徳は内心で頭をかかえた。

丁重な物いいが悪いわけではないが、これは一州で最高の権力を持つ人間が、部下の

——しかも、地元の胥吏（下役人）風情に対して使う言葉ではない。ついでにいえば、

知事が着ている白の麻の長衫は、科挙（官吏登用試験）を受ける学生がよく着るものだ。

みごとに科挙に通って官途に就いた者なら、もっと威厳のある絹物を身につけるべきだ

——と、孫懐徳は思っていた。

属僚にすぎない孫懐徳の方が、よほど贅沢なものを身につけている。年齢も懐徳の方

がはるかに上であるし、これではどちらが上司かわからない。けじめもしめしもつかな

いから、もうすこしましな衣服を着て言葉づかいも改めていただきたい——と、着任

早々に申しいれたのだが、ひと月以上経った今でもいっこうに改善される気配はない。

もっとも、気色ばんで反論されることもなく気負ったようすもなく、

「この方が、楽なものですから」

そういっていなされると、下役の懐徳たちもそれ以上は強く言えない。

「それに、私は不器用なもので。すぐに汚してしまうのに、立派な衣装を着ても無駄ですから」

というのも、懐徳たちが納得した理由だった。不器用というか不注意というか、墨の染みを袖につけているのはいつものこと。時には書類に落として、幕僚（私的顧問・秘書役）たちをあわてさせている。

年齢も三十代のなかばと、知事としては若い方だ。おまけに長身で痩せているせいか、実年齢よりも若く見える。

地元の官衙に所属する胥吏たちにしても、知事みずからが都・開封から連れてきた幕僚たちにしても、ほとんどが本人よりも年上なだけにおそろしく威厳がない。

ちなみに、彼の前任の知事は五十歳をかるく越えていた。絹物の衣服は当然、調度や食物、暮らしぶりの細部に至るまで豪勢で、離任の時にはひと財産をかかえていった。この新知事だとて任期が終わる時にはどう変貌しているかわかったものではないが、今のところ、その質素、簡素な生活は徹底していて対照的だ。

おまけに、仕事ぶりは真面目一方だ。といって、胥吏たちが迷惑するほどの精励ぶりでもない。

懐徳が直に見聞きしたわけではないが、時に切れ者ぶって着任した上司が、書類・帳簿の隅々（すみずみ）までのぞきこみつまらないことで下役の罪を問うことがあるそうだ。やりすぎて下役たちの反感や敵意をかい、役目を失敗る（しくじる）者も少なくないという。

別に端州（たんしゅう）の州府で重大な不正を行っているわけではないのだが、そこはそれ、慣習でうやむやになっていることもあり、こういった地方では非違をとがめようと思えばいくらでもできる。最初、懐徳もそれを危惧していたのだが、新知事は彼が渡した書類だけに目を通し、おとなしくいわれたとおりの決裁をしていた。

実際、着任したばかり、しかもこれが初めての任官の彼には処理しなければならない書類、覚えるべき事項が山のようにあったのだ。よけいな隅に首をつっこむ暇がないのも事実だった。

必要なだけの仕事をきちんとていねいにこなし、間違いも少ないのを懐徳は真面目と評価していた。時々、書類を汚すのはご愛敬だ。仕事の合間に、宙をながめてぼんやりとしていることがあるのも息抜きとして大目に見るべきだろう——。

そして、彼が声をかけた時、新知事は彼がその朝渡した書類の山と真面目に格闘していたのだった。

知事――正式には、「権知某軍州事」という。「某」には、各地の州名がはいる。たとえばここ、端州なら「権知端軍州事」である。

その官職名のとおり、地方官とはいえ一州の行政と軍事の最高権力者だ。

宋朝（そうちょう）の地方行政は、東京府（とうけいふ）（開封）、江寧府（こうねい）（南京）といった特殊な城市（まち）は除いてまず「路（ろ）」に大別され、路がいくつもの州に分けられている。州は、中央から行政官が派遣される最小の単位でもある。

ここ、端州は広南東路に属している。宋の国土の中ではもっとも南端に位置する路のひとつだった。辺境といっていい土地だけにのんびりもしているが、いろいろと微妙な問題もあって、

「つまらない話で申し訳ないのですが、ちょっとご相談がありまして」

と、孫懐徳がいうと、知事がすこし顔色を変えるのがよくわかった。ふつうの人間と比較すればまだのんびりとした顔つきだが、彼は彼なりに緊張したのだ。きっと辺境ならではの仕事の難しさ、やりにくさを、都でさんざん聞かされてきたにちがいない。

だが、懐徳は両手を振った。

「いえ、重大事件ではないのです。わたくし事です。実は、知人からすこしばかり相談をもちかけられまして。わたくし事の上に、あまりにもくだらない一件なもので正式に訴え出るわけにもいかず、だからといって……」

地方の民政は地縁血縁で動くものだ。都から距離が離れるにしたがって、その傾向が強くなるのも当然の話だ。

早い話が地方の豪族、郷紳と呼ばれる階層の不利益になるようなことをやれば、知事さまだろうが都の宰相さまだろうが猛反発をくらって追い出されるだろう。逆に彼らと親交を結び便宜をはかってやれば、離任の時には名知事だとの評判をたてられ、その上ふところを肥やし大手をふって都へ帰れるようになっている。

実のところ、官衙に勤務する地元出身の胥吏のほとんどもまたその郷紳の縁者である。血縁でなければ、関係者だ。たとえば役所の地位を金銭で買うことがあるが、その金銭の出資者だったりするのだ。

つまり地方の官衙の手足はどこでも、郷紳の思いどおりに動くように伝統的になっているのだった。

孫懐徳もまた、そういった郷紳と無縁というわけにはいかなかった。その縁者たちの伝手で、端州の州府に勤めるようになったからだ。だからその縁者が持ちこんできた一件を、くだらないからといってまったく無視するわけにもいかない身だった。

困惑の表情を顔の半面にうかべている孫懐徳に対して、

「まあ、とにかく、うかがいましょう。どうぞ」

知事はにこにこと笑いながら、椅を勧めた。

「いや、私は――」

上司の目の前だ、遠慮をすると、若輩者の私が座っているわけにはいきませんよ。おかけにならないなら、私も立ちます」

おっとりと生真面目な顔でそういう。

たしかに、懐徳はもう五十代で、髪もなかば以上が白い。三十代の知事とは、親子ほどの差がある。しかも懐徳は、この州府の下役たちの中ではもっとも高い地位にある。彼がだめだといえば州府の機能が麻痺することを考えれば、機嫌をとっておくのは利口なやり方といえる。

が、この知事の顔を見ていると、そんな遠謀深慮だの気づかいなどがあるようにも思えないから、不思議だ。

仕方なく、

「では……」

と、一応座ったものの、どうも尻のあたりが落ち着かない。おまけに先のやりとりで気をつかったおかげで、肝心(かんじん)の用件が頭から抜けてしまった。どう切り出したらよいものかと、考えてきた糸口がどこかへいってしまったのだ。

「で、どうしました？」

と、問われて、思わず上げた視線の先に知事の両眼があった。それが子供のような好奇心に輝いているのを認めて、懐徳はかるく嘆息した。

考えてみればこの知事は、就任してからこのかたずっと書類の山に埋もれている。性格が真面目なことと退屈をすることがちがうのは、懐徳にも理解できる。ようやく訪れた変化に期待する心情もわからないでもないのだが、これはほんとうにたいした話ではないのだ。

そんなにまっすぐ見つめられては非常に話しにくくなる。

「それが、その」

「まずい話なら、口外はしませんから」

「いえ、まずくはないのですが、なにしろ人間の話ではないもので」

「では、何の話です？」

「それが――その、牛、なのですが」

きっと落胆の色をうかべるにちがいないと思いながら、おずおずと切り出してみた。郷紳の醜聞でも期待していたとしたら、かならずがっかりするはずだ。なんだそんなことかといわれ莫迦(ばか)にするなと機嫌が悪くなり、くだらぬことを持ちこむなと叱責されて叩きだされるのがおちだろう。そうすると、着任早々の知事閣下のお覚えは、まちがいなく悪くなる。

そうなればこのすこし変わり者の知事が転任していくまでの数年間、気まずい思いで過ごすことになる――。

いざとなれば郷紳を味方にしているこちらの立場の方が強いはずだが、懐徳にしてみれば楽隠居も目前のこの年齢でもめ事を起こすのも気ぶっせいだ――と、がっくり首をうなだれ肩全体でため息をついた、その頭のあたりで、

「で、それで？」

知事の、おもしろそうな声が聞こえた。

「は――？」

「ですから、牛がどうしたんです？　それほど言いにくそうにしておられるところを見ると、盗まれたとか単純な話ではなさそうですが」

「いや、その盗難です。ただし、牛が盗まれたわけではないのです」

「と、いいますと？」

「その――牛の、舌が」

「牛の舌が、盗まれた？　死んだ牛の？」

「いや、生きた牛の舌を、切り取っていった奴がいるのだそうで」

「なんと、惨(むご)いことをするものですね」

知事は、はっきりと眉をひそめた。おっとりとしているようで、こういうところは感

情表現が直截(ちょくせつ)な人だ。

「失礼ながら、そういう事件はこの端州ではよくあることなんですか?」

「いやいや、とんでもない。だからこそ、被害者は怒りもし困惑もしているわけで。いったい誰が、なんの目的でこんなことをしたのかわからない。かといって、牛程度のことで正式に訴え出るのも、これまた大仰で外聞が悪い。それで、内々に調べてはもらえぬかといってよこしたのですが……」

とはいえ、仮にも公(おおやけ)の機関の州府を私的な用件で、しかもひそかに動かしてくれとは難問だ。話を持ちこまれた孫懐徳は官衙勤めが長いだけに、縁者の主張には無理があると判断して、その旨、説得もしたのだが、相手はいっかな聞き入れない。

「なにしろ無下(むげ)に一蹴できる相手ではなく、だからといって――」

新任の知事には、まだまだ遠慮がある。板挟みになって迷いに迷ったあげく、意を決して今日、ようやくこうして相談にあがった次第……と。

気がつくと、懐徳は事の概要を順序だててしゃべっていた。正確にいえば、知事の質問にひとつひとつ答えていくとそういうことになったのだ。つまり、それだけ知事の質問がよく整理され要領を得ていたということだ。

そして最後に、

「おもしろい話です。よく聞かせてくれました。これは、調べてみる価値があると思いますよ」

　知事はにっこりと笑ってみせたのだ。

「とはいえ、知事さま、こんな莫迦げたものをいちいち取り上げていたら、きりがなくなりますが。夫婦喧嘩の仲裁だのなんだのまで州府に持ちこまれるようになったら、どうなさる」

　科挙を通過してきた進士さまというのは、子供の時から勉学三昧で世間ずれしていない人間が多い。四書五経や法令などには詳しいかもしれないが、それを実際に適用するについてはどれほどの手腕があるか疑わしいものだ。しかもこの若さだ。世故に長けているとは、とてもではないがいいがたい。

　安請け合いは禁物なのだと教えようとして、懐徳はまた、知事のおもしろそうな視線にぶつかった。

「でも、孫どのはこれは捨ててはおけないと思ったからこそ、私に話をしに来られたんでしょう。ならば、調べるのが筋というものです」

「ですが――」

「よろしいですか。牛馬は私人の財産ですが、また傭役など官の仕事に使役する場合もあります。勝手に傷つけてよいわけはない。それが証拠に、飼い主が勝手に殺したりすることは禁じられている。死んだりしたら、かならず届けなければならないようになっているでしょう。その牛の舌を――生きている舌を割いていったというのは官の財産をも侵したことになります。これは、放ってはおけませんよ。その縁者の家というのは遠いんですか？」

「は――？」

「ですから、行って、直接、飼い主からも話を聞いてみる必要があると思うんです。これから案内してくれますね？」

決裁しなければならない書類は、まだ山積みになっている。だいたい、知事ともあろう者がそう簡単に官衙を空けてもらっては困る、云々。説得はしたのだが、知事はゆずらない。

短い押し問答の末、負けたのは孫懐徳の方だった。

おっとりとした表情で、

「でも、行く必要があるんです」

の一点張りに、懐徳も音をあげたのだ。

「それでは――」

とうなずいたとたん、

「さ、行きましょうか」

白い長衫に、少しくたびれた頭巾という姿のままで、さっと立ち上がり出ていきかけたのに、懐徳はまたあわてた。

「お待ちください。ほかの供の者は。護衛の兵も連れないのは危険です」

「このあたりは治安がいいと聞いていますよ。それに、私はまだ土地の人の恨みはかっていないはずですし」

恨みをかうどころか、このおっとりした知事の顔を知っている者も稀だろう。

「それにしても、せめて書童ぐらい連れていかれなければ格好がつきません。それに、その姿……」

「話を聞きにいくだけです。あんまり仰々しいのも、先さまにご迷惑でしょう。孫どのが来てくださるなら、それで十分ですよ」

話しながら、どんどん歩いてついに官衙の外へ出てしまった。

意外に健脚で、懐徳は追いつくのがせいいっぱいだ。官衙の中の人や門番に声をかけて知事さまをお止めせよと命じれば腕ずくで足止めできたのだろうが、後を追うのに夢中で気がついたら門の外だった。

着任して日の浅い知事の顔を、門番が覚えていなかったのも原因だろう。

端州の州府が置かれている街の名も、端州（現在の広東省肇慶市）という。規模としては、あまり大きな城市ではない。山間部のひらけたところに自然に人が集まり発展した街だけに、城内の道も計画的には作られていない。

石畳をしきつめ整備されている道はわずかで、それも狭く曲がりくねっている。ゆるやかな坂道を下ったところでようやく開けた小さな広場が現れたが、市が開かれているらしく人で込みあっていた。

この州でもっとも偉い人物が、突然、官衙を抜け出してきたわけだから、これは俗にいうお微行(しのび)というもののはずだ。ならばなるべく人目を避けるべきなはずだが、知事は素知らぬ顔をしてその雑踏の中へ足を踏み入れた。

「なるほど。開封あたりでは見かけない風俗ですねえ」

と、知事の興味をひいたのは、山岳地帯に住む少数民族の女たちだ。この地方は昔は嶺南(れいなん)とも呼ばれ、瘴癘(しょうれい)の地として嫌われた。高温多湿の地は、風土病が多かったためだ。もともと漢民族の土地ではなく、いくつもの少数民族が独自の文化を守りながら暮らしていたのだ。

隋(ずい)のころからこの辺境にも中央の支配の手が伸び、こうやって官吏が派遣されてくるようになった。中には強悍(きょうかん)な民族もいて朝廷に叛することもないではないが、ここ端州はおおむね平和だ。

山中で採(と)れた果物や木の実、自分たちで作った工芸品などを地面にならべる変わった色と形の衣装を着けた女たちを、新知事は目をきらきらさせて見ていた。口もとには髭もたくわえたりっぱな大人だというのに、その横顔はまるきり子供だ。

――ひょっとして、このお人は自分の立場がよくわかっていないのではなかろうか。

懐徳は、こっそり頭をかかえた。

三十どころか四十五十でも、万年落第の科挙受験生はめずらしくない時代である。しかも衣装が衣装なだけに、貧乏書生（学生）が気晴らしに街へ出てきたという風にしか見えない。またはじめての街だというのに、妙に雑踏の中でも馴染(なじ)んでしまっている。

下手をすれば、その場にすわりこんで女たちから買い物をしそうな雰囲気に、懐徳はあわてて知事の袖を捕らえるようにして低い石造りの城門から外に出た。

懐徳の縁者の家というのは、端州城内ではなく郊外の村にあったのだ。

距離はさほどではないが、陸の道はなかなかの難路である。さいわいというべきか、端州の街は西江(さいこう)という川に面しており、船で下れば縁者の家まで四半刻（一時間）もかからない。そこまでの船を手配するのも簡単だった。

だが、船に乗りこむ段になっても知事の好奇心はおとろえなかった。

船の形や操縦の仕方を船頭に訊(たず)ねたり両岸の景色を解説させたりと、一時もじっとしていない。

無理もないことではあった。

ゆったりと流れる西江の両岸はすこしとがり気味の山々がうねるように続き、船が下るにつれて千変万化する風景は観賞に価(あたい)した。天候は快晴、山々の翠(みどり)は目に沁みるようだし、江上を渡る風はこの陽気にはこころよかった。

おかげで船に乗っている間、懐徳はずっとしゃべりっぱなしとなった。

というのもこの端州のような辺境になってしまうと、日常に使われる言葉が都とはちがってしまうからだ。書き言葉にすれば同じ文章なのだが、発音がまったくちがうのだ。当然、都から来た知事には船頭たちの説明は拗音が多く抑揚の激しい鳥のさえずりといっしょで、まったくの意味不明となる。

相手が文字を書ければ筆談ができるのだが、庶民は自分の名の読み書きすらあやしいのがふつうだ。

そこで必要になるのが、懐徳のような地元の知識人というわけだ。

科挙を志した者なら合格後のことを考えて朝廷で使われる官話も習得している。当然、地元の言葉も話せる彼らは二ヵ国語をあやつる通訳のようなものだった。

逆にいうなら、その通訳を介さなければ知事は何もできないしわからない。

極端な話、たとえばここで懐徳が船頭の言葉をまったくちがった話にすり替えても、知事にはわからないのだ。それは、行政の場でも同様だ。

下役を通さなければ庶民から届けを出したり嘆願したりすることはできず、一方、官衙の方も法令や通達を公布することができない。

つまり、地方行政の喉頸は実質、懐徳のような官衙の胥吏の手に握られているのが現状だった。

　あれがなんという山、あの支流がなんという川、もうすぐ川岸に寺が見えてくるはず——と、船頭の言葉をそのまま訳してやりながら、その危険性にこの知事が気づいているのかどうかと孫懐徳は首をひねっていた。

　懐徳には今のところ、知事に嘘をつかなければならないような事情はない。多少はつけ届けを取ったこともあるが目に余るような横車は押したことがないし、大望もいだいていないからこうやって素直に知事に従っている。だが、いざとなれば彼だって保身のためには嘘ぐらいつけるのだ。

「もうすぐ、羚羊(れいよう)峡にはいります」

　と告げると、新知事は目を輝かせてふりむいた。

「ここが、そうですか」

「そうです。向かって左手が龍門山、右手が爛柯(らんか)山です」

「とすると、右手の爛柯山から流れこんでくる川が端渓(たんけい)というわけですね」

「そのとおりです」

　いわれて、懐徳はすこしばかり胸を張った。たしかに端州は田舎かもしれない、だが、中華全土に名の響いた田舎だぞ、と。

　というのも、

「では、あのあたりから採れる石が端渓硯ですか」

端州産の――ことにこの端渓から採取される石は端渓石と呼ばれ、硯石の中でも最上級のものとして文人墨客に愛玩、珍重されているのだ。

煤と膠を調合した墨を磨る手段としては、その昔、唐代のころは瓦や陶器などが主に使われていた。墨はただ色がついてそれが落ちなければよいといった実用的なものだったから、硯もそれで十分だったのだ。石の硯もわずかに作られていたが、あまり多くはなかったようだ。

それが時代が下り、社会全体に余裕が生まれると実用の道具に装飾的な価値が付加されてきた。

特に文房四宝と呼ばれる墨、硯、紙、筆は、宋朝が全土を統一する直前、江南に在った南唐で最高級品が製作された。一代の風流皇帝、南唐後主・李煜の注文だった。

南唐は宋に滅ぼされ、李煜は開封で幽閉の後、客死したが、彼が作らせた文房四宝の基準はそのまま後代まで引き継がれた。

李煜が作らせた硯は主に歙州石だったが、宋代にはいってからは端渓の石が硯材としてもてはやされるようになった。

石材の硯のおもしろいところは、天然の石の紋様をそのまま生かす点にある。自然の産物なだけにふたつと同じ物ができないのも、愛惜される理由のひとつだ。その上に、中国の文人にはもともと奇妙な形の石や玉を愛玩する趣味がある。石に特徴的な紋様をもち、また墨の研磨用としても細かな肌理をもつ端渓産出の石材は趣味と実用を兼ねそなえ、士人たちの宝石とするのに最適だったのだ。

その端渓硯は、今、懐徳たちが通り過ぎようとしている渓流の周辺からしか採れない。

「あのあたりに、大きな窟が見えるでしょう。あれが坑のひとつです。山中にはああいった坑がいくつかありますが、季節によっては水中に沈むものもあり、常に採取できるわけではないのです」

懐徳の説明にも、力がはいる。

「水中に沈んだ坑は、そのまま放棄するんですか？」

「とんでもない。江の水位が下がる季節を待って、水をかいだして掘ります」

むしろ長い間水に浸っていた方が、石自体が水をふくんでしっとりとした手触りになるといわれ、よろこばれるのだ。

むろん、水をだすのも石を掘り出すのも鎚と鑿で、すべて手作業である。

「重労働ですね」

「石を砌り出すだけでも大変な仕事です。深い坑の奥まではほとんど光は届きませんし、狭いし、崩れる可能性もあります。だいたい、坑を開くのだって簡単な仕事ではありません」

そのあたりをやみくもに掘ればいいというものではない。石にもやはり鉱脈というものがあり、それに沿って砌り出していくのだ。銀や銅などの鉱山開発と、たいしてかわりはない。

やっかいなことに、銀や銅ならどこで産出したものでも価値にかわりはないが、端渓の場合はそうはいかない。この西江沿いの渓流からも端州府の北にある山地周辺からも硯材は採れるのだが、それらは端硯と呼ばれて、厳密には端渓硯と区別される。端渓硯の方が一段高級なのはいうまでもない。

「私のような朴念仁(ぼくねんじん)には、どこがどうちがうのかさっぱりわかりませんが」

懐徳の熱心な説明に耳をかたむけていた知事は、すこし照れ臭そうに笑った。そういえばこの知事が使っている文房四宝も、その容姿と同様、貧乏書生の持つような質素で実用一点張りの代物だ。

質素なのではなくて、物の善し悪しがわからないだけではないかと懐徳はちらりと思った。

「でも、端渓の名はご存知だったではありませんか」

というと、

「はあ、まあ、それぐらいは」

笑って、頭をかるく掻いた。

「私には無用の長物でもなにしろ有名ですし、それに端州に赴任してきたのですからその土地の産物のことぐらい、少しは知っておかないとかっこうがつきませんし」

坑を掘るのには莫大な費用がかかる。さらに石を砌り出す人夫、それを運び出す船、加工する工匠などとても個人で負担できる額ではない。だから、基本的には硯の坑の管理は、国が行っていた。端州知事が、端渓のことを何も知りませんではすまない道理だ。

「だいいち、端州の税の一部は端渓硯で物納されているのですから。――それより、孫どの」

いいわけがましくなにやらひとりでしゃべっていたかと思うと、突然、話題を変えてきた。

懐徳はわれ知らず身構えて、

「――以前から申しあげようと思っていたんですが」

「はい？」

「その孫どのというのは、やめていただけませんか。上司にそんな呼び方をされては、身がすくみますし、これから訪ねる先でも奇異に思われましょう。私には希廉（きれん）という字（あざな）がありますから、そちらで呼んでいただけると……」

「それは奇遇だ」

「は？」

　この知事は何をいいだすのだろうと、懐徳は一瞬、めんくらったまま動けなかった。

「私の字は、希仁というんですよ。似ているでしょう」

　字が似ていたからといってどうしたのだと思っている間に、当の知事はころりと話題を変えて、

「そんなことより、孫どの。船を止めてもらうわけにはいきませんか」

「止めて、どうするんです」

「坑を見学してみたいのですが」

「……知事さま」

「はい？」

「まさかとは思いますが、出向いてこられた目的はご記憶でしょうか」

　懐徳はそう言うのがせいいっぱいだった。物見遊山にきたのではないのだと叱りつけたいのをぐっとこらえて、

「降りていたら、今日中に州府に戻ることができなくなります。それでなくても、決裁が必要な書類を置いてきているのですぞ」

「そうでした。すっかり忘れていました」

　ということは、牛の被害を見たいの放っておけないのというのは、ひょっとして書類の山から逃げ出すための口実だったのだろうか——。

頭痛がしてきたのを強い陽射しに照らされたせいだと思うことにして、懐徳はすこし身をかがめた。

目的地は、すぐ目の前だった。

端渓のほぼ対岸にその集落はあった。端渓の石を集めて運び出したり、石を掘る工人らが住みついて自然にできた鎮（むら）らしい。

かなり広いゆるやかな傾斜地の、もっとも上にその屋敷はあった。

村人たちのちいさな家を睥睨（へいげい）するような門構えを見上げて、

「りっぱな家ですねえ」

知事は素直に感心した。

張（ちょう）家という。

当主は懐徳と同年輩の五十がらみ、でっぷりと太った男で、前触れもなく突然現れた知事に、あわてて奥の書院から飛び出してきた。

「これはこれは――」

さすがに知識人のはしくれの教養として、官話で挨拶してくるのをさえぎるようにして、

「包（ほう）と申します。若輩者の上、このたび端州の知事を拝命いたしまして赴任しましたば

かり。何もわかりませんので、よろしくご指導のほどを」

と、先に頭を下げるようすは如才なく、州府で下役たちに対する態度とまったく変わらない。どうやら基本的に腰の低い人なのだと、懐徳は思った。

最初、書生と変わらない風体の男をうさんくさそうに見た張家の当主だが、懐徳の紹介に続いてのこの丁重な挨拶にすっかり気をよくしたらしい。

「こんなむさくるしいところへ、よくぞおいでくだされた。さ、中へ」

喜色満面、手をとらんばかりにいざなったのだが、

「いえ、その前に」

知事は、おっとりとした笑顔のままで、

「牛を見せてください」

「は……？」

「知事さまは、例の牛の件でおいでくだされたので」

あわてて懐徳が説明すると、張はさらにめんくらった顔をした。

「あの、たかが牛のために？」

「犯人を捕らえてほしいとうかがいましたが。それも内々に」

「そのとおりですが——知事閣下が、ごじきじきに？」

と、これは懐徳に向かっての質問だ。

「州府の配下の者はそれぞれに忙しいもので。それに私が来れば報告の手間もなし、余人に知られることもありませんし」

「それは、そうだ。では――」

　納得したようなしないような、だが、どうやら自分の頼みを聞き入れて便宜をはかってくれようとしているらしいと気がついて、期待と不安がないまぜになった複雑な表情をしながら張はうなずいた。

「なにぶんにも、おいでは予測の外でしたので何も準備をしておりません。しかも畜生の住まいです故、汚いのは――」

「ご心配無用です。私も似たような家で育ちましたから」

「ほう、お故郷（くに）はどちらで」

「廬州（ろしゅう）です」

　長江のすこし北の州名を、知事は挙げた。

「それで、牛というのは――この牛ですか」

　痩せた老牛が、横たわっていた。牛といっても、このあたりで使っているのは角の大きな水牛である。それが、角を地面につけて苦しそうにあえいでいた。

　こんな素封家（そほうか）なら牛は丸々と太っていてもいいはず――と懐徳は思ってから、そうか舌が、と気がついた。

この件を懐徳が聞いたのは数日前だから、少なくともその間、固形物はもちろん水さえ飲めたかどうか。

「惨いことを」

つぶやいて、知事はかたわらに座りこむ。かと思うと、汚れた藁が足もとに跳ねるのもかまわず牛の周囲を回りながら、なにやら子細に観察していたが、

「――この牛、殺してやりなさい」

眉をひそめて、気の毒そうに告げた。

「しかし――」

「この牛の年齢では、持ち直すだけの体力はないでしょう。痛みもさることながら、飢えて苦しませるだけなら、いっそ楽にしてやった方がいい」

「よろしいのでしょうか」

牛馬を、理由もなく届け出もなく処分することは禁じられている。張の心配もそれだったのだが、

「この老齢で、しかもこの身体です。怪我がないとしても、もう働かせるのは酷ですよ」

「しかし、それでは怪我を負わせた下手人の探索の方は――」

「そのことですが、殺すのなら、夜分、近在の人に知られないようにしてやってもらえ

ませんか」

「は？」

ふつうそういうことを取り締まるべき役人が、そのかすようなことをいったため、張は目を剝いた。かたわらで聞いていた懐徳も同様である。

「いえ、届け出はきちんと出していただきますから、後でこのことで罪に問うたりしませんよ。ただ、こっそりやるふりをしていただければ十分です」

「それで、下手人が捕まえられますか」

「はい、かならず」

おっとりした顔つきで即答されて、逆に張は疑わし気な表情を見せた。懐徳もまったくの同感だ。

それを知ってか知らずか、

「まあ、だまされたと思っていう通りにしてもらえませんか。どちらにしても、損になることではないでしょう」

得意満面、絶対の自信をもって知事はうなずいてみせたのだった。

それがあまり頼りがいのあるように見えなかったのは、いうまでもない。

「お呼びですか」

と、声をかけると、

「はい、どうぞ、中へ」

芭蕉が影を落とす書院の几の上から、数日前とそっくり同じ顔があがった。

張の家からもどってきて、数日経つ。

供応でもするつもりだったのだろう、しきりにひきとめる張をふりきってさっと船にのりこんだのには、懐徳の方がおどろいた。

「――ほんとうに、牛を見るだけだったんですか？」

「それ以外、なにか必要ですか？　官衙にはまだ仕事が残っているんでしょう？　急がないと、今日中にもどれないと思いますが」

あまりの正論に、懐徳はあきれるやらいったい自分は何をやっているのやらと、おおいに悩みながら端州にもどっていく羽目になった。

しかも、知事は翌日からぴたりと口を閉ざして、一件など知らない、官衙を抜け出したこともないといった顔をしてせっせと仕事にいそしみはじめたのだ。

書類を汚すのと、時々、放心するのもまたいつもどおりだ。

非公式の事件だから、懐徳もそうそう催促をするわけにはいかない。もともと些細な事件が劇的に展開する道理もなく、張家へどう説明したものかと困っていたところだった。

訊きたいことがあるからちょっと来てくれといわれた時、一件の話だなと推測した。期待しても来たのだが、知事はあいかわらずつかみどころのない笑顔で前回と同様に丁重に椅を勧めた。

それで、どうやら別件らしいと内心で落胆した懐徳の勘は正しかった。

「城内にいくつか井戸を掘らせようと思うんですが、どんなものでしょう」

「は、井戸ですか？」

別件にしても、わざわざ呼びつけるのだからもうすこし重要な用件だと期待していた自分が情けなくなった。

だが、知事は生真面目な顔で、

「そう、井戸です。先日、街に出た時に気づいたんですが、この城内には井戸が少ないですね」

たしかに、端州城内は水の便が悪い。

山中の街にはよくあることで、周囲に川はあっても飲料に適する水は少ないのだ。川は水量が多い分、土砂をけずるため濁っていて飲めたものではない。人々は城内の井戸か近くの渓流から飲料水を汲むしかないのだが、城内の井戸はわずかな数しかない。井戸から各家庭へ水を運ぶのは女たちの仕事だが、坂道の多い城内を長い距離運んでいくのは重労働だ。

「先日、水の桶を重そうに運ぶ女たちの姿を見ました。もうすこし城内に井戸の数があれば、運ぶ距離の分だけでも楽になると思うんですが」

先日、と簡単にいうが、早足で最短距離を歩いただけだ。風景をながめる暇などなかったはずだし、それ以降、この知事が外へ出ていないことも懐徳は知っている。とすると、あの短い時間に見るものは見ていたということになる。

これはなかなか油断がならないと、懐徳はわずかに顔をひきしめた。

「それにしても、端州は井戸が少ない。にもかかわらず、一年ほど前には、井戸をひとつ埋めてしまっている。これでは人の暮らしは不便になる一方です。埋めたなら、せめて別の井戸を掘らなくては。できれば、さらに幾つかついでに掘った方がいい。可能でしょうか」

書類の束を冊子に綴じたものと、懐徳の顔を交互に見比べながら知事はさらに話を続けた。

「さあ、このあたりは水質が悪いので……。それに、やみくもに掘ってもかならず出るというわけでもありません。よく調べてからではないと無駄になりますし――費用の問題もあります。調査の費用と合わせたらどれほどになるか」

硯材のおかげで貧しくはないが、他にこれといった産物はなく、気候は温順でも耕地の少ない端州に余分な予算があるはずがない。井戸を掘る、と知事は簡単にいうが、容易に掘れるなら城内の民は水運びの苦労に甘んじてはいない。

「そうですか、やはり、むずかしいですか」

と嘆息して、いったんはひきさがったかにみえた知事だが、

「でも、それなら何故、せっかくの井戸を埋めてしまったんですか？　なにか、事情でも？」

「あ――」

懐徳は虚をつかれて、一瞬、返答に困った。事情はあるが、あまり積極的に話したい話ではない。

「それがその」

口ごもる懐徳を見て、知事の方が先に回答を口にした。

「だれか、そこで死にましたか」

「――何故、わかりました」

ぎくり、と懐徳が反応すると、

「やはり、そうですか」

知事は、わけ知り顔にうなずいていた。

うまくひっかけられたのだと気がつくまでには、すこし時間がかかった。

「驚くことではないですよ。すこし想像すればわかることです。井戸を埋めるのは水が

出なくなったか、水が汚れたか、それとも人が気味悪がって使わなくなったか、三つのうちのどれかだと思っていい。でも、前のふたつの理由なら、孫どのが顔色を変える必要はないわけです」

「……参りました。おっしゃるとおりです。一年ほど前でしたか、件の井戸に若い娘が飛びこんで死んでいたので――それで、皆が嫌がりましたもので埋めることに」

「死んでいた、ということは、飛びこんだところを誰かが見ていたわけではないんですね?」

「はあ、ですが、遺骸に不審な点はありませんでしたが」

「いや、別になにかあったと疑ったわけでは。ただ、身を投げるなら、目の前にもっと大量の水があるのに、何故、わざわざ井戸を選んで皆に迷惑をかけたんだろうと、ふと思ったものですから。不審がなければいいんです。とにかく、井戸の件、検討してみてください。ところで――」

そら来た、と懐徳は身構えた。

何気ない顔をして突然話題を変えるのは、この知事が何か突拍子もないことを思いついた証拠だとようやく彼も覚えたのだ。

「ところで、失礼ですが孫どのは例の張家とはどういうご関係になるんですか。ご親戚ですか?」

「いや、血縁ではありません。強いていえば、義理の叔母の親戚筋ですが叔母はすでに亡くなっておりますし」

「では、縁者ではないのですね」

「いや、実は——世話にはなっております。科挙を受ける時の費用一切を、負担してもらっておりました。もっとも、二十年以上も前の話ですが」

　官僚登用試験である科挙は、この時代、三段階に分かれている。まず、各地方で行われる解試、その合格者を集めて都で行われる省試、さらにそこから選抜された者のための殿試である。殿試は帝の臨席を仰ぎ最終的な順位を決めるためのものなので、落第者はほとんど出ない。実質、二段階なのだが狭き門なのには変わりない。そもそも、人ひとりが働きもせず学業に専念するだけの資力がなければ、受験も難しい。

　懐徳の家は貧しくはないものの、三年ごとに費用を工面するには一家が食うや食わずの生活を送らなければならなかった。

　さいわい、篤志家だった張家の先代が懐徳を見こんで援助を申し出てくれた。もちろん、合格の暁にはなんらかの見返りを期待してのことだったが、それでも厚意は厚意である。懐徳も発奮したのだが、結果からいうと何度受けても解試どまりで、省試はどうしても受からなかった。

　三十歳を過ぎたころ親が亡くなり、ついに彼は科挙を断念した。一家を支えていかなければならなくなった彼を、州府の胥吏にと斡旋（あっせん）してくれたのも張家だった。もちろん、これも事あれば懐徳に便宜をはからせようという魂胆（こんたん）である。

科挙を断念した時、張家は費用を返せとはいわなかった。懐徳は無言のうちに恩に着せられたわけだが、懐徳もそれを不満に思ったり重圧に感じたりしたわけではない。

こんな癒着はどこでもあることだし、張家もたいしたことをするわけではない。すこし税金を低くごまかしたり官衙へ話を持ちこむ際に口きき料をとったりする程度で、懐徳も罪悪感を感じたことは一度もない。

だが――。

このおっとりした知事の前で、訊かれるままにすこしずつ事情を話していくうちに、懐徳は身体の内側からなんともいえない思いがこみあげてくるのを感じた。

それが、「廉恥（れんち）」というものだと気づくのに、時間はかからなかった。

訊き上手なこの知事は、質問を積み重ねることで懐徳にそれを再認識させてみせたのだ。

「あの――」

懐徳は、叱られた子供のようにうなだれてしまった。だが、

「ああ、別に孫どのを責めるつもりで訊いたのではありません。気を悪くなさったら、申し訳ありません。地方の官衙ではよくあることですし、私の郷里でも日常茶飯でした

よ。いちいち咎めだてていたらきりがないことぐらい、知っていますよ」

　知事の機嫌は、すこぶるよかった。

「はあ」

「それに――一度目の受験で進士になってしまった私には、孫どのの苦衷を責める資格はありませんし」

「初めての受験で、ですか？」

　それは、たいした俊英だ。嫌味でなく、懐徳は思った。目の前の知事が長身を縮めてあまりにも申し訳なさそうな顔をしたので、怒る気にはなれなかったのだ。

　怒りはしなかったが、首はかしげた。

「しかし、ずいぶんと遅い受験ですな」

　ふつう、早い者は十代で科挙を受け始める。初めてで受かる者は少なく、三年ごとの試験を何度も受けて、三十代のなかばから四十代で受かるのが一般的だ。知事は、三十代なかばのはず――。

「いえ、合格したのは、二十八歳の時です」

　にこりと、知事は答えた。

「ですが、任官はこれが初めてだとうかがっていましたが」

　では、それから数年の間、何をしていたのだろう。

「郷里に帰っていました。親が年老いて私が遠方に赴任するのをいやがったもので、役目はひとまず返上して。両親を看取って喪が明けたら、この年齢になってしまっていました」

懐徳は目がくらみそうになった。

役目を返上しただと？

親の世話をするために、出世の道を平然と投げすてたのか。

出世のために家族を犠牲にする話はよく聞くが、その逆ができる人間は稀だ。

だいいち、そんな不遜なことをして朝廷ににらまれなかったのだろうか。仮にも朝廷の命令に逆らったのだ。喪が明けましたからといってのこのこ都へ出ていって、簡単に役職に就けるものだろうか――いや、それで懲罰のために、こんな辺境に飛ばされたというわけか？

おもしろそうに笑いながらそれを語る知事を見るかぎり、これは懲罰にも何もなっていないのは明白だ。むしろ、好奇心の塊になって端州へ乗りこんできている。そして、牛の傷害事件やら井戸やら懐徳の事情やら、あたりかまわず鼻をつっこんでいるのだ。

だが、田舎の牛の傷害事件では、解決したところでなんの手柄にもならない。井戸の件にしたところで、地元の庶民には感謝されるかもしれないが上への点数稼ぎにはならないだろう。

とするとこの知事、どうやら本心から欲――少なくとも出世欲がないらしい。

「それで――張家とつながりがあるとまずいのでしょうか」

気をとりなおそうとした結果、話を最初へもどすのが一番だと懐徳は思った。いささか強引だったが、知事はすぐに反応して、

「いえ、そういうわけでは。孫どのが血縁者でなければけっこうなんです。実は、例の牛の件なんですが」

「は――？」

また、突然、話題が変わって懐徳は目を剝かされた。

「下手人が名のって出てきました」

「なんですと？」

「正確には、張家を訴えてきたんですが。こっそり牛を処分したと言って」

「あ――それで、ですか」

人に知られないように処分しろといった理由が、ようやく懐徳にも呑みこめたのだ。

ちらりと目を上げて、知事がすこし笑った。

「そう、牛を傷つけるというのはあまり尋常な手段ではありません。その家にかなり恨みをいだいているのに、相手に勢力がありすぎてうかつに手が出せない。だからその家の家畜に怒りを向けたのではないかと思ったんですが、あたってましたね」

「張家が恨まれていると思われた根拠は？」

「少なくとも今のご当主は、あまり慈悲深い性分ではなさそうです。あの牛には、全身に傷の痕がありました。牛小屋もひどいものでしたし、あの身代にしては他の牛も毛艶がよくなかった」

やはり、見ているところは見ているのだ。思いたったように突然に出向いたのもとりつくろう暇を与えないためだったのだろう。

「それでなくても、鎮の中では一番の物持ちというのはねたまれやすい立場です。その上にあаでは、ひとつやふたつ、恨みをかっていない方が不思議です」

だから、牛を勝手に処分したなどというい いわけのできない「悪事」を働けば、きっと恨みを抱いた人間が訴人してくるにちがいないと推量したのだ。

いつもの書生のような姿で出向いたのは、張家に役人が来たと周囲に警戒させないためだったにちがいない。供も、張家にかかわりのある懐徳ひとりなら不審に思われる可能性は低い。

自分では指一本動かさず、こちらの思惑どおりに人を動かして犯人をまんまと誘き出す。しかも、もっとも身近にいた懐徳にさえ、そんな緻密な計算があるようには露ほども悟らせなかった。

（とんでもない人だ）

背筋に冷たいものが伝い落ちていくような気がした。茫洋とした表情と、無欲恬淡とした態度と容姿にすっかり侮っていたのだが、この調子だとこの官衙内部のことに関してもなにを知られているかわかったものではない。

子猫かと思ってなめてかかっていたら、いきなり虎に化けて吠えられたような錯覚に懐徳はとらわれた。

「そんな顔をしないでください。だから、今さら、孫どのやこの官衙の内部の事情を暴きたてる気はないんです。ただ、協力してもらえればありがたいだけです」

「協力、ですか」

「はい。まず、私は土地の言葉がわかりませんから」

「通訳なら、以前から——」

「ええ、でも、もしも孫どのが張家と——もしくは、他の地元の人と強いつながりがあった場合、供述をゆがめて訳することも可能でしょう？」

今日は珍しくいいにくいことをずばりという。要するに、嘘をつくなと釘をさしてきたのだ。そういっておいて、

「でも、安心しました」

人好きのする顔で、にこりと笑う。

「孫どのは、張家に恩はあるようですが、そういう事情でしたら、むしろ、張家の高慢

の鼻を明かしたいと思われるでしょうから」

「はあ、高慢の鼻、ですか」

「これまでの悪事のしっぽを押さえる、と言いかえましょうか。これから犯人に会いにいきますから、話の仲介をお願いします」

犯人というのは、若い男だった。

とりあえず官衙内の牢に押しこめてあったが、それ以上の手荒な扱いはされていなかった。

牢というものはどこも同じようなもので、暗く湿気が多い。数日入っていただけで病気になる者もあるという。容疑者を収監するだけでなく、劣悪な環境におき脅しをかけて白状させる意味もあるから、錆や血痕がこびりついた責め具や枷がずらりとならべれ陰鬱な空気をさらに淀ませている。

そんな中で待遇を少しでもよくしようと思えば牢役人につけ届けを贈るしかないが、だれでも簡単にそんな金銭を工面できるわけではない。金銭がなかったばかりに、牢役人にいびり殺される例もないではないという。

端州の牢も例外ではない。が、件の「犯人」の待遇だけはとびぬけてよかった。一応、檻の中には入っているが、身体を拘束するものは枷も鎖もいっさいつけられていない。

どうやら、知事が牢役人に厳命しているらしい。それでも起きる時には問題は起きるものだが、知事自身が牢まで直接出向いてくるとなると話は別だ。

牢役人が知事の姿を見て最敬礼をした。むっとするいやな空気が顔のあたりに押しよせてきたが、知事はさっさと男の檻の前まで来て、

「どうです、気分は」

ひょいとかがみこんだ。

おそらく、二十歳をすこし過ぎた頃だろう。痩せて日焼けした純朴そうな若者は上目づかいで檻の外を見たが、その両眼には激しい敵意があった。

無理もないと、懐徳は思う。

知事の推量どおりだとすれば、恨みのある張家にこれで痛い目を見せてやれると思ったのに、逆に自分が捕らえられたのだ。知事も懐徳も、この官衙の役人はすべて憎い張家の一味に見えるのが当然だ。

「名は鄭四(ていし)。この端州城内に住んでいる硯の工匠です。それだけはわかっているんですが、ひとことも口をきかないもので困っているんですよ」

と、知事は懐徳を見上げる。

「では、素姓(すじょう)はどうやって知ったんですか」

「訴え出るには、それを文書にしなければならないでしょう？　この男も文字は少しは

知っているようですが、官衙向きのむずかしい文書は無理だったようで、代書を頼んだんですよ。だから代書した男に訊いたら、あっさりと教えてくれましたよ」

『莫迦なやつだ』

と、これは呆れた懐徳が、若者にむかっていった言葉だ。もちろん、土地の言葉だ。

若者の敵意をこめた視線は、当然、懐徳に向かう。

「目の前に来た絶好の機会に夢中になって、他を顧みる余裕がなかったんでしょう」

と、その「機会」を目の前に吊り下げてみせた人間が、他人事のようなことをいう。

「ところが、それほどの意気込みで訴えてきたというのに、では張家とどんないきさつがあったのか、係の役人に訊かせても何もしゃべらないそうなんですよ。牢役人に任せていては埒があかないと思って、直接、聞きたいと出向いてきたんですが——信用してもらえませんかねえ、やっぱり」

とすると、人をだましたという自覚はあるらしい。

「とにかく、何か話してもらわないとこちらも何も手を打てません。悪いようにしないからと、伝えてくれませんか」

すがるように懐徳を見る。もうだまされないぞと思いながらも、できるだけ忠実に知事の言葉を訳してやった。

牢内の若者の顔は変わらない。思いこみの激しそうな口もとも、きっとひき結ばれたままだ。

懐徳は、よけいなことかとも思いながら、

『念のために言っておくが、このお人は端州の知事さまだ。その……頼りなさそうには見えるが、誠実なお人だ。言いたいことがあるなら、言ってしまった方がいいぞ』

自分の判断で口添えした。これが知事本人――という部分で、若者はびっくりしたように目を見開いたものの、後半でさらに疑わしそうな目になってしまった。

知事はひとつ嘆息すると、若者の顔をのぞきこみながら、

「わざわざ、牛の舌を切ってそれと知らせてくれたんでしょう？　張家を恐れて、皆が真相に口をつぐんでいるんだと。なのに、君まで黙ってしまうんですか」

「あれに、そんな意味があったんですか？」

訳すのも忘れて、懐徳は思わず大声をあげた。

「と、思ったんですけれどね。真実は彼が知っているはずですよ」

答えは、すぐに出た。

懐徳が半分も訳さないうちに、貝のように押し黙っていた鄭四の態度が一変したのだ。

檻の枠に飛びつくと、

『申しあげます！』

訳さなくとも、気配でわかったのだろう。

「聞きましょう」

知事が、しっかりとうなずいた。

『張家の奴らを——老爺と総領息子を調べてください。あいつらが林二娘を殺したんです。そうに決まってるんです。だから！』

「とんでもない話になりましたな」

ひととおりの話を聞き取ってもとの書院にもどったところで、懐徳はげっそりとつぶやいた。こんな話に発展するとは、思ってもみなかった。

こんな田舎の街では、人が死ぬといったら大事だ。懐徳の覚えているかぎり、自害さわぎでさえここ五十年ほどでただの一度きりだ。それをあの鄭四は、殺人にちがいないと主張したのだった。

林二娘というのは、一年前、城内の井戸に飛びこんだ娘だった。

「どう、思われます？」

と、懐徳が訊ねた時、知事は几の前に座って視線を宙に浮かせていたが、

「林二娘は自害でしょうね、たぶん」

と、あっさりと言いきった。

「……ひどく自信がおありですな」

「不審な点はないと、孫どのがさっきいったでしょう」

「それが根拠ですか。ですが――」

「いえ、それだけではありません。記録を調べてみたところでは、遺骸を引き上げて水を吐かせたが手遅れだったとありました。水を吐かせたところは大勢の人間が見ていますし、今からでも証言はとれるでしょう。めったにない事件だから、覚えている人は多いはず。水を飲んでいたということは溺死です。殺されてから投げこまれたなら、水を飲むはずがない」

「生きて投げこまれたということも、考えられますが。気を失わせてからでも可能です」

「後者なら、やはり水を飲んでいるはずがない。前者なら抵抗するから外傷ができるはずですが、記録にはありません」

「毒を飲ませれば、抵抗はできません」

「それなら遺体に異変が出たはずですが、それも記録にはない。――あの記録を書いたのは、孫どのでしょう？　少なくとも、筆跡は孫どののものでしたが」

「参りました。おっしゃるとおりです。私が医生(いしゃ)とともに遺骸を検分しました」

「それなら、まちがいない」

懐徳が張家に弱みがあることを知っていながら、知事は確信したようにうなずいた。

かえって、懐徳の方が何故か居心地が悪くなったぐらいで、

「ですが、その――」

反論しかけると、

「希廉どのは、さっき協力すると約束してくれました。ならば、不審があれば正直に話してくれるはずだ」

頭から信用しているといわれて、懐徳はおもわず胸のあたりが熱くなるのを感じた。しかも今まで頑固に姓しか呼ばなかった知事が、はじめて字を呼んできた。これがこの人の悪い知事の策（て）なのだと、自分にあわてて言い聞かせてももう遅い。

「私の知るかぎりのことでしたら、お話ししましょう」

そんな言葉が、口をついて出ていた。そして、その言葉に嘘がないのに気づいて懐徳は自分で自分に驚いた。知事は、当然のことのようににこりと笑って、

「では、林二娘が身ごもっていたことを伏せたのは希廉どのですか」

「はあ、そのとおりです」

鄭四の話で初めてわかったことのはずなのに、訳する時に懐徳が動揺しなかったのを見抜かれたのだろう。

「ですが――言い訳じみますが、その部分を記録から落としたのは張家をかばったというよりも、林二娘のためを思ってのことでした」

不義の子を身ごもって自害したというよりは、まだ、理由は不明の方が娘の名誉は保たれる。残された家族の肩身も、少しは広くなる。たとえ公然の秘密だったとしても、だ。

「田舎というのは、そういうもので——」

「ですが、林二娘が死んだ理由はそれだけではなかったと？」

「と、鄭四は主張しているのですが」

懐徳が首を横に振ったのは、一概には納得できないが否定もできないという迷いの意思表示だったのだろう。

鄭四の話によれば、ことの発端は前の知事と張家の不正にある——というより、代々の知事の不正というべきか。

端州の硯は、州府の管轄下にあるとは先に述べた。売った収入は国庫に入るし、中でも出来のいいものは現物で朝廷へ献納される。

とはいえ、製作するのも選別するのも地元での作業だ。よい物を手元に残したところで、都へ知れるおそれはない。

よって、歴代の知事が献上物を口実に逸品を手元に集め、そのまま私物として着服するのは暗黙裡の慣習となっていた。

前知事がかかえていった財産というのも、その実態は献納品の数十倍という数の端渓硯の逸品だったのだ。都で売り払ったとしたら、どれだけの金銭(かね)になっただろう。

もちろん、知事ひとりでできる仕業(しわざ)ではない。石材の善し悪しを知り、細工をする工匠にいうことを聞かせられる地元の有力者の同心が不可欠となる。その点、端渓の目の前の鎮で勢力を張る張家は協力者としては最適だった。

なにしろ、江一本隔てた目の前に石材は山積みになっているし、いちいち見張りはついていない。工夫たちに命じて、石材を選別して取り除け隠しておくことはいともたやすい。

珍重される端渓石だが、石材の段階ではそれほどの価値はない。少なくとも墨が磨れるだけの平面は必要だし、石の色や紋様によっては意匠を凝(こ)らして周囲に細工をほどこすことも多い。

ちなみに、端渓石の最大の特徴は、「眼(がん)」と呼ばれる斑紋(はんもん)にある。動物の目のような丸い紋は、時には何層かになった断面を見せる。石の色も、黒から紫、青や緑、赤みがかったものなど、千変万化を見せる。

紋様となった日には、縞になっていたり斑になったり星が散ったりと、分類するのも不可能なほどだ。

そもそも、自然の模様を人が見立てるのだからなんとでも名付けられる。逆に細工の妙、石自体の紋様の生かし方によって硯の価値は変わる。そこは、硯の工匠の腕のみせどころでもあった。

端州城内には腕のよい工匠が、何人もいた。そのひとりが老林（ろうりん）で、鄭四はその弟子だったという。張家が仕事を依頼していた工匠はひとりではなかったが、老林には年ごろの娘がいた。

老林は、気むずかしく偏屈（へんくつ）な工匠だったらしい。その末娘の二娘は、田舎の、しかも南方の女らしく、外にも出るし時には父親の仕事を手伝うような気性の勝った娘だったという。

それだけに、張家の息子が林二娘の器量に目をつけて口説いた時にもひと筋縄ではいかず、かならず妻にするという約束を文書にさせたほどだ。

張家の息子も、はじめのうちは本気だったらしい。ただ、父親に知れて猛反対を受けたとたんてのひらを返した。

その時には、二娘はもう身ごもっていた。

事情を知って、老林も激怒した。娘を不義者と罵（ののし）り殴りつけもしたらしいが、結局、娘かわいさに張家へ頭を下げにいった。妾でもいいから、娘の身の立つようにしてくれと。

だが――。

『もう、それはひどい扱いだったそうで。あれでは、嫁がせたらいじめ殺されかねないと師匠はものすごい怒りようでした』

当時、老林の手もとにはみごとな石材があった。肌理が細かくかすかに青みがかった石色は、内側から光るような艶をもっていた。しかも、石のなかばに金線と呼ばれる紋様が断続的に出ていて、それがまるで星かうねる波濤のように見えたという。

細工次第でどれほど華麗なものになるか、弟子の鄭四の目にも逸品だとわかるほどだったそれは、張家が前知事にも秘密裡に細工を依頼していた品だった。知事が年貢と称して硯を掠めとっていったのと同様に、張家も知事の上前をはねていたのだ。

張家と老林との仲が悪化した時、件の硯はほぼ完成しかけていた。老林を手ひどく扱っておきながら、張家は硯の引き渡しを迫ったという。老林が硯を知事に渡したら一大事だと、回収しようとしたのだ。

硯をよこせと当主みずから林家へ乗りこんできた日のことを、鄭四ははっきり覚えている。激しい口論の末、身体は大きいが腕力で劣る張がたたき出されてしまった。

知事へ訴え出てやると張が叫んでいたという。たしかに老林は、張に軽傷だが怪我を負わせていた。

老林も、負けてはいない。娘の件に加えて、名硯を着服しようとしたことを知事にばらしてやると脅した。

だが、張家と結託している知事に訴え出たところで勝ち目はないだろう。しかも、娘の恥があからさまになる。いくら証文があったところで、娘の不義は不義だ。
　老林はそれでためらったが、林二娘の方がむしろ積極的に父親をはげましていたとい
う。そこで自宅へ追い返されたため詳しい内容は鄭四も知らないが、林二娘は簡単に泣
き寝入りをするような娘ではなかったと彼は主張する。
　その翌日の朝、林二娘の遺体が井戸の中から見つかった。例の硯も家から消えていた。
それから老林はがっくりと力を失い、半年後に朽木が倒れるように亡くなった。
　張家は、林二娘の自殺の後、関わりあいになるのを嫌ったか、老林のもとへは二度と
足を向けなかった。
　張家は訴えられることもなく、知事は何も知らないまま他の硯を山ほどかかえて離任
していった――。
　これが、鄭四の知っているすべてだった。
『老林に訴えられたら困るもんで、張の奴、その夜もどってきて、二娘を殺して硯を盗
っていったに決まってるんです。張家を捜してくれれば、硯が出てくる。俺が見ればす
ぐわかります。硯が出てきたら、あいつらが下手人だって証拠です――』
　鄭四は何度も、そう言って頭を地面にすりつけた。
「――いやはや、芝居の筋書きのような一件ですな」
　懐徳が複雑な表情をみせたのは、哀れには思っているのだが、だからといって外部の

人間である知事に知られたのは恥だと思っているからだろう。

知事は、几に頬杖をついて、

「ほんとうに。東京（開封）の象座（ぞうざ）か牡丹棚（ぼたんほう）にかけても、十分客を呼べますよ。それで、どこまでが事実です？」

追及には、容赦がない。

懐徳は、ひとつひとつ指を折って整理しながら、

「林二娘が身ごもっていたのは事実です。その父親が張家の息子だというのも、ほぼまちがいないでしょう。老林の家であった騒ぎというのも、近在の者が複数、聞きつけて見にいっています。なにしろ狭いところなもので。それから——前の知事さまと張家の硯の横領も。私の知っている事実はそこまでです」

「それと、林二娘の自害も動かせない事実だと思いますよ。だいたい、張老爺には人は殺せないでしょう」

「——案外、人がよろしいですな。人を外見で判断なさるのですか？」

すこし意地悪く反論すると、

「そのとおりです。あの太った身体で人の家に気づかれずに忍びこむのは無理でしょう。荒事に向いているとも思えない。腕力はあるにしても、老人に叩きだされるぐらいです。老林は何歳だったんです？」

「六十半ばでしたか。二娘は後妻の産んだ末娘で」

この時代、六十過ぎは相当な高齢である。

「では、若い女でも懸命に抵抗すればかなりの騒ぎになる」

林二娘はだまって殺されるような娘ではなかったはずだし、深夜でも騒げば近在の者がだれか聞きつけたはずだ。

「息子がやった、ということは考えられませんか」

「それなら、父親がたたき出された時に、姿を見せているでしょう。それとも、夜の川を船で行き来したと？　それに夜には城門を閉じるのでしょう？」

不可能ではないが、どちらにしても張ひとりでは船は操れないし、門番に出入りを知られてしまう。

「人の口は金銭で口止めできます。自分でやる必要もありません。人を雇うということもできます」

「それでも、いずれ噂にはなるでしょう。田舎ならなおのこと、ここだけの話というのがいつとはなしに出回るものですよ。張の息子と林二娘の件だって、本人たちが触れて歩いたわけではないでしょう。それでも、皆がそれとなく知っていた。それに、事件の直後に急に金回りのよくなった者がいたら目立ったはずですよ」

たしかに、全員が顔見知りのような街だ。犬の仔が生まれてもすぐに知れ渡る。そこでだいそれたことをしでかして、秘密を守り通すのは至難の業だということはだれより懐徳がよく知っている。

「――まるで、張家をかばわれているように聞こえますが」

挙げた疑問をいちいち論破されて、懐徳もすこしおもしろくなかった。だが、知事は動じない。

「分限者（金持ち）だからといって、冤罪に問うていいわけがないだけです。それより希廉どのの方が、まるで張家に罪があった方がいいように聞こえますよ」

ここはむっとしてみせるべきか苦笑するべきか、懐徳は迷った。その隙に、

「私はやはり、殺人ではなかったと思いますよ」

知事は、結論を出すようにいった。

懐徳にも、反論する根拠はなかった。それ以上に、この知事を論破するのはむずかしいと懐徳は感じていた。おっとりとした外見だが、中身はおそろしく理屈っぽく隙がない。

「ですが――それでは、鄭四の訴えは誣告ということになってしまいますが」

「林二娘の件については、私が個人的に聞いただけですから罪には問えませんよ」

公と私を、たくみに――いいかえれば、実に都合よく使いわける知事に懐徳はまだ慣れていない。少なからず、頭痛を覚えながらも、

「では、どう処理します。鄭四の訴えを握りつぶすのは簡単ですが――」

「鄭四は納得しないでしょうねえ。理詰めで説明したぐらいでは。張家は人を殺して硯を隠していると、頑強に信じている。そう信じることで、今まで自分を支えていたんでしょうから」

鄭四の目的が師匠と娘の仇討ちという単純なものでないのは、懐徳でもわかる。林二娘を二重に奪われた恨みにちがいない。殺されたと信じている――というより、自害だと思いたくないのだ。

さすがに粛然としている懐徳に、

「ところで――話に出た硯というのは、他に見た者はいないわけですね？　今、どこにあるんだろう」

頬杖をついたままで、知事が話を切り替えた。

「はあ、鄭四の言い分によれば、張家にあるということになりますが。いっそ、張家を捜してみますか？　口実ならなんとでも作れます」

言いながら、懐徳は自分で驚いていた。鄭四のために張家を敵にまわしかねないことをやるなど、今までなら考えられなかったことだ。知らず知らずのうちに鬱屈させてきた張家への反感が、鄭四への肩入れというかたちで現れたのだろうか。

それを知ってか知らずか、

「でも、まだ、張家にありますかね」

知事の返答は、どこか間延びしている。

「盗ったとしても、さっさと売り払ってしまってるんじゃないですか」

「いや、動機は金銭(かね)とはかぎりません。これが……失礼ながら前の知事さまならそういうことも考えられるでしょうが、金銭になる硯ならいつでも好きなようにできる張家が執着したのは、それがこの世にふたつとない逸品だったからでしょう」

自然の産物だけに、同じ品は二度と作れない。それだけに、これと思ったものに対する執着は強くなる。

「でも、売れもしないし他人に自慢もできない、使っているところを見られても困るものを手にいれても、仕方ないでしょうに」

と、物欲のない知事らしい感想だ。懐徳も苦笑しながら、

「人に見せるだけが珍蔵の目的ではありませんよ。要は、他のだれも持っていないという優越感ですから。だれも見ていないところで、時々、こっそりながめて満足するものなのですよ、ああいうものは。まして、使うなんてとんでもない」

知事は、憮然とした顔つきで自分の几の上をみやった。なんの変哲(へんてつ)もない、質素一点張りで使いこんだ硯が一個載っているきりだ。

「……希廉どのも、そうなんですか？」

上目がちにいわれて、

「五、六個、所蔵してはいますが——たいしたものは持っていません」

あわてて懐徳はいいわけした。とはいえ、これはろくな硯のひとつも持っていない上司の方が悪いのだ。

「どうも私は不粋(ぶすい)で理解しかねますが。使わない硯をながめていても仕方ないでしょうに。それでは、硯を作った方もつまらないと思うんですが。老林はどう思っていたんだろう」

「偏屈な職人でしたが、それだけに硯に対する愛着は人一倍あったと思います。その——好きで歴代の知事さまや張家のために硯を作っている硯匠は、あまりいないと思います」

もともと、工匠に支払われる工賃はわずかなものだ。それが不正なものであれば、なおさら値段はたたかれる。不服があっても、訴え出られないからだ。

「では、せっかくの逸品を張家には意地でも渡したくないと老林が思っても、不思議はない？」

「老林が、硯を隠匿(いんとく)したとおっしゃるんですか」

「林二娘の仕業という可能性もないではないですが」

絶句した懐徳に向かって、知事は無言でうなずいてみせた。

「私より希廉どのの方が納得がいくんじゃありませんか、この推論で」

「では——ですが、肝心の硯は、硯はどこへいったんです。それが出てこないうちはだれも——鄭四もだれも、納得させられませんぞ」

「その件なんですが」

言いかけた時だった。

「張家のご当主がお見えです」

取り次ぎの小者が、告げてきたのだった。

「犯人を捕らえたのなら、引き渡していただきたいとおっしゃってますが——」

「牢役人には口止めをしておいたんですが、このとおりです」

知事は懐徳をふりかえって笑うと、小者にここへ通すようにと命じた。

「いや、さすがは知事どのだ。みごとなお手並みでしたな」

と、張は入ってくるなり大声をあげた。声も身振りも大仰に知事の手を取ってふりまわし、その場に残っていた懐徳の肩をたたき、茶を運んできた小者にまで愛想のいい声をかけ、

「で、犯人はいつ、お引き渡しいただけるんでしょうかな」

胸をそらしながら、知事に訊ねた。

犯人をよこせ、断罪と処罰は自分がやる、というのである。

あわてたのは懐徳だ。

いくら非公式の訴えとはいえ、捕らえたのは州府だ。いわば公の罪人である。それを個人に引き渡し、国法に拠(よ)らず私刑を加えさせるわけにはいかない。しかも、このあたりでは恐いもののない張家のことだ。南方の人間は概して気が荒いし、鄭四のように後ろ盾も持たない若者がどんな目に遭わされるか、同じ土地の人間の懐徳には容易に想像がついた。

かといって、真正面から拒絶すれば、張家と無用の諍(いさか)いを起こすことになりかねない。どう婉曲(えんきょく)に断ろうかと、めまぐるしく頭を働かせはじめたとたん、

「その話をする前に」

と、知事が口を開いてしまった。

「実は、貴殿が人を殺(あや)めたのではないかと言う者がおりまして」

いったとたんに張の顔色はさっと蒼くなり、一瞬にして真っ赤になった。

懐徳が白髪まじりの頭をほんとうに抱えたのは、いうまでもない。

「ど……どこの、どいつだ。そんなでたらめを言いふらした奴は！」

立ち上がって怒鳴るのを、しかし知事は呆れた顔つきでのんびりと見上げていた。

「まあ、そう興奮しないで。そう言う者がいるというだけの話で、私はそうは思っていないんですから安心してください」

「わ、わしは何も、心配などしておらん」

「そうでしょうとも。でも――」

「わしは、知らんといっている！」

口から唾を飛ばして、張は叫んだ。反応だけを見るなら、張は十分にあやしい。

「だれが殺されたとも、まだ、私はいっていませんよ。まあ、落ち着いて私の話を聞いてくれませんか。とにかく、お座りください」

まあまあとなだめて、相手をもとの椅に座らせると、手際よくいきさつを話したのだ。もっとも、事件そのものについては当人の方がよく知っている。もちろん、鄭四の名は知事が巧妙に隠した。

「……というわけで、貴殿、もしくはご子息は冤(むじつ)です。ご安心を」

「知事どのが話がわかる方でよかった」

安堵した張を、

「ですが、問題がひとつ残っていまして」

と、知事は、すこし人の悪い顔で見た。

「それは……？」

「硯の行方ですよ。これが出てこないうちは、窃盗、もしくは横領の疑いを解くわけにはいかないんです」

「わ、わしをこそ泥扱いするか。文句があるなら、家中、捜してもらってかまわん。そのかわり、何も出なかったら……」

「落ち着いてください」

耳もとで絶叫されて、さすがの知事も半面をしかめた。

「なにも、貴殿を疑っているとは申しあげていませんよ。ただ、問題の硯さえ見つかればこの一件はきれいに解決すると申しあげてるんです。よろしければ、私が見つけだしてさしあげようかと」

「――なに?」

「なんですと」

張と懐徳が、同時に叫んだ。

「知事さま、おわかりになったのですか」

「あ、あの硯の在処が。あれを、見つけだせるとおっしゃるのか」

「たぶん、わかっていると思います。ただ、それには費用がすこしばかり……。でも、これは内々で私が聞いたことで、公に訴えられたものではありませんから官費が使えません。そこで、ご相談なのですが」

「その金銭を出せと?」

「はい。なに、たいした額ではありません。井戸を一本掘るぐらいの金銭です」

「知事さま、いったい、何を」

混乱する懐徳を横目で見て、しばらく逡巡したあげく、

「……あの硯が見つかるのならば。よろしい、出しましょう」

張は、半信半疑ながら出資の約束を文書にしたのだった。

彼がいったんひきとった直後、知事は井戸を掘る支度をするように命じた。

「必要なら私が金銭をたてかえますから、すぐに人夫を集めて掘りはじめさせてください」

「しかし、掘るといっていったいどこを。やみくもに掘っても無駄だと、以前、申しあげましたが」

「掘るところは決まっています。一年前に埋めた井戸、林二娘が身を投げた井戸ですよ」

春風駘蕩、なにごとにもおっとりとしていた知事が、いざ行動となると迅速果断であることを、懐徳以下の胥吏たちは初めて知った。

問題の井戸はあの市が開かれていた広場にあったのだが、知事は官兵を出して強引に人々を退去させた。余人が入らないようにしておいて、金銭をはずんで集めた人夫たちに足場を組ませ、その日のうちに半分ほども掘り下げさせてしまったのだ。

なにしろ知事本人が現場に貼りついているのだから、作業もはかどるわけだ。懐徳もなかばは義務感、なかばは興味を押さえきれずに同行した。

その懐徳に、

「少なくとも、硯を隠したのは張家でないことはこれではっきりしたでしょう」

知事は、おもしろそうに告げた。

たしかに、隠した本人なら、他人に捜し出してやろうといわれて金銭を出すわけがない。とにかく、「硯」といわれた時の張の執着は芝居ではないと懐徳も思った。

「張家には、林二娘を殺す理由がないんですよ。子供の件は、訴訟に持ちこまれたところで金銭で済ませられる手合いの話です。まあ、人ひとりの将来をめちゃくちゃにしておいて、金銭でかたをつけて素知らぬ顔というのも腹はたちますがね」

知事は、鼻のあたりに小じわを寄せた。

「硯の上前をはねていた件にしても、老林だって協力していたのだから下手には訴え出られないはずです。一方、張家には前知事どのを抱きこむ手段は、いくらでもある。知事どのだって、地元の郷紳たちに手荒い真似をすればどうなるか、十分、承知していますしね。だいたい、それで張家を断罪すれば自分の横領だって問題になりかねない。数年の任期を無事につとめて都合のいい報告書を持って都へ帰るためには、問題を起こさないのが一番だとはだれもが知っていることです」

もっともこの知事の口からそういう言葉が出ても、いまひとつ、実感がない。

「老林が訴え出ても彼にいいことはひとつもないし、張家が痛手を受ける可能性も低い。本当に老林が訴え出るようなら、石材が手に入らないようにしてやればいい。張家ならその程度の報復は簡単だし、職人気質の老林にはそれが一番こたえたのではありませんか」

放置しておいてもすむことを敢えて、しかも自ら危険を冒すような度胸と機敏さが張にあったとは思えない。

ちなみに張家の息子は、問題の夜はずっと自邸のある鎮にいたと複数の証言があった。知事が幕僚を派遣して、あらためて確認させたのだ。同じ鎮の娘に手を出そうとして親に見つかり、ひと晩、大騒ぎを演じていたのだそうだ。翌日、林二娘の件が伝わってきて、親たちはいわぬことではないと思ったという。このため、月日をはっきりと覚えていたのだった。

「どうやら、これにも虚言はなさそうです」

知事も、さすがにうんざりした顔つきで懐徳に告げて、

「息子には来年、解試を受けさせると張老爺は言っているそうですが——考官(試験官)に素行不良の報告はしておいた方がいいでしょうね。もっとも、これだけ遊びに忙しければ合格する気づかいはなさそうですが」

と、付け加えることも忘れなかった。

「有(あ)った！」

と、声があがったのは翌日の午後のことだった。

元の井戸の底の層から泥を洗い流した実物が上がってきた瞬間、知事ですら目を見張った。

「これは――たしかに見事だ」

あまり大きなものではなかった。手のひらに載るほどの小品で、全体の形は自然のままを残していびつな楕円形だ。

だが、断続的にならぶ金線はまるで輝く波頭のようにみえた。薄い石色の変化がその上に重なり、飛沫(しぶき)か霞のようだ。それが、いわゆる陸の部分だった。

縁は高くせず、墨池の部分もあまり彫りこまれてはいない。墨池の上の縁を少し幅広くとって、そこには壮麗な楼閣が浮き彫りにしてあった。柱の一本、あしらわれた松の木の葉の一筋まで、毛筋ほどの細さで丁寧に克明に彫られている。

東海上にあるという蓬莱山(ほうらいさん)を描いた図案だが、楼閣の下の方にちいさく貝が口を開けているところを見ると、これは蜃(しん)が吐いた空中楼閣――蜃気楼を描いたものだろう。

そのまま、一幅の画のような硯だった。華麗だが華美にはならず、どこかしんと静まった品もある。

とにかく、大きさのわりにずっしりとした重量感といい、石の色、紋様といい、細工の細やかさ美しさといい、めったに見られない品だった。

「老林、畢生の作ですね」

とりあえず箱に納めて持ち帰ったものを、書院の几の上に置いて知事はあらためて感嘆した。

しかし、懐徳には納得できないこともあった。

「どうして、硯があそこにあるとおわかりになったのです。いや、そもそも、牛の舌が切られた時からこうなると予測しておいでだったのですか？」

「まさか」

知事は、軽く笑った。

「牛の件は、ただ、それ自体に興味があっただけですよ。井戸を掘りたいと言ったのも、本当に数が少なくて皆が不便だろうと思ったからで偶然です。ただ、鄭四の訴えを聞いた時に、すぐに両者が結びつきましたが」

「ですが、どうして」

「私は不調法で、硯を使わずにながめるだけという気持ちは理解しかねますが」

と、几の上を見やる。

「老林みたいな、物を作る人間の気持ちはわかるような気がするんですよ。自分の腕のすべてを懸けて作りあげた品が、本来の用を為さず、埃をかぶるままになるのがうれしいだろうか。欲の皮のつっ張った役人や――」

と、ここでかすかに笑って、

「自分たちを人とも思わず、横車を押してくる張家の手に渡って、人にいえない経路で売られていったり隠匿されるのをありがたいと思うだろうか。しかも、張家は娘をふみつけにしてくれた。意地でも渡すまいとするだろう。それは、そのまま林二娘の心情でもあったのではないか」

父親を手伝っていたという娘だ。この意匠は、林二娘の考案だった可能性もある。案外、林二娘自身の手も加わっているのではないかと知事はいった。

「あくまで、これは推測ですがね。とにかく張家には渡したくないが、そのままでは早晩、張家か知事に取り上げられるのは目に見えている。当然、隠そうとするのが人情です」

では、どこへ隠すのが一番安全か。家の中は論外だし、だからといって外では人に見つけられる可能性が高い。物は石だから多少過酷な環境に置いても心配はないが、できるなら石のために良いところに隠したい――。

「それで、水の中ですか」

「井戸の中なら、めったなことはないでしょう？」

しかも、その夜のうちに隠すのだから城内の井戸のどこかだと、知事は思った。夜には警備のために城門は閉ざされるからだ。その井戸を特定するのは簡単だった。

おそらく、井戸に隠すという案は親娘が相談して決めたのではないか。ただ、林二娘はその上で、自分もそこで死ぬことを考えた。

「ただ死ぬだけなら首を吊る方が簡単だし、翌日、西江に身を投げてもいい。人に迷惑をかけない方法はいくらでもあるのに、何故――と、ずっと思っていたんです」

むしろ、その疑問の方から硯の場所を推測したと知事はいった。

「こんな田舎ですから、身投げなどめったにありません。気味悪がって使わない井戸をそのままにしておいてはかえって危ないと思って、埋めさせたんですが。人の多い場所でもありましたし」

「それが、林二娘の狙いでもあったんでしょう。埋められてしまえば、もう、だれの手も届きませんから」

「では、林二娘は硯を隠すためだけに死んだと？」

「むろん、それだけではないでしょう。父親のいない子を産むのは、つらいことですし」

一生、母も子も後ろ指をさされ続け、人もなげに扱われるのだ。世間の軽侮（けいぶ）は、簡単に跳ね返せるものではない。その上に、誓約を反故（ほご）にされた張家の息子への恨みつらみ、あてつけの意味もあっただろう。さらに、硯は絶対に渡したくないという意地と——。気性の激しい南方の女だけに、追いつめられ発作的に思い切った行動に出たのではないかといって、知事はひとつ嘆息した。

　老林が娘の死後、気落ちが激しかったのもそれで納得がいく。間接的にせよ、娘を殺されたなら張家の前で罵るぐらいのことは、親ならばやっても不思議はない。事実、事前には張家へ直談判にいっているのだ。だが、むやみにそれ以上騒ぎを起こせば、どんな拍子で井戸の秘密が露見するかわからない。ばれてしまえば、娘の死はまったくの無駄になる。

　老林はそこで涙を呑んだのだ。

「とはいえ、張の息子の口車にのった林二娘にも責任はあると思いますが。放蕩息子の女癖を知らないわけはなかったでしょうに。無学で気がきかなくても鄭四のような誠実な男を選んでおけば、こんなことにはならなかったと思いますよ」

　もっともだと、懐徳は無言でうなずいた。

「前知事どのにしてもそうです。身投げとわかっていても事情を調べて内々でいいから張家に制裁を加えていたら、林二娘も報われただろうし、この硯ももしかしたら前知事どのの手に入っていたかもしれない——」

　そこで言葉が途切れたのは、取り次ぎの小者さえ押し退け挨拶もせずに張が書院へとびこんできたからだった。

「す、硯が見つかったと——」

「はい、たしかにここに」

と、硯の箱を知事が示すと、太った身体を揺らして飛びついた。

「これだ、これだ。どこにありました」

と、両手の中にかかえこんで狂喜した。それを微笑しながら見ていた知事は、

「では、この硯は貴殿の所有物とおっしゃる」

「もちろんだ。いや、よく、捜しだしてくださった。ありがたい」

礼を述べる張に、知事はとっておきの人の悪そうな笑顔を向けた。

「困りましたね。私は、貴殿の窃盗の疑いを晴らすために捜すのだと申しあげたはずですし、貴殿もそれで承知されたはずです。これを貴殿のものと主張されるとすると、やはり窃盗の罪で捕らえなければならなくなりますが」

「な、なぜ、これは、たしかにわしの……」

「という証明が、おできになりますか。ふつう、城内の工房で製作される硯は官のものですし、これが老林の工房で作られていたことを証明する者はいくらでもいます。他の硯匠に訊いてまわってもいい。少なくともだれかから金銭(かね)で買い取ったという証明ができなければ、貴殿は官のものを横領したということになってしまいますよ」

「い、いや、わしは別に……、その」

いわれて、張の顔からさっと血の気がひいた。

「なってしまう」と言われても、事実、横領しようとしたものなのだから、反論はできない。

硯を目前にして欲に目がくらんだのだろうが、むやみに所有権を主張すればこんなことになるぐらい想像がつくはずだ。たたけば山のように埃が出る身なのだ。そのあたりを自覚してもう少し利口に立ち回ってくれなければあまりにも情けないと、懐徳も知事の背後で嘆息を隠さなかった。

「あらためてうかがいますが、これは貴殿の所有物ですか?」

「い――いや」

ためらったものの、張は首を横に振った。振らざるを得なかった。

「老林が作っているのを見たことはあるが、わ、わしの物ではない」

「そうですか。希廉どのも、たしかに聞きましたね」

「はい」

張の恨めしげな視線には気づいていたが、懐徳ははっきりと返事した。

「よかった。これで貴殿は完全に潔白(けっぱく)の身です。貴殿に対してとやかくいう者があれば私が責任もって証明してさしあげますから、どうぞご安心を」

と、目の前で箱にさっさと蓋をして、しまっておくようにと懐徳に渡した。

それを未練がましい目でじっと見ていった張だが、

「そうだ、知事どの。牛の舌を割いていった下手人を、引き渡していただきたい」

「は――？　牛ですか？」

「とぼけないでもらおう。どうせ、わしが人を殺したの硯を盗ったのというのは、そやつの入れ知恵であろうが」

硯が手に入らないなら、せめて犯人を痛めつけて憂さ晴らしをしようとでも思いついたのだろうか。だが、すさまじい剣幕で迫られても、知事はどこ吹く風で、

「何かのまちがいでしょう。公に訴え出られていない――つまりは事件も起きていないのに、犯人を捕らえる道理がありません」

堂々としらばっくれた。

「だが、だが、州の牢にはそういう男が捕らえられていると――」

「おや、だれがそんなことをお耳にいれました？」

「それは――」

いえるわけがない。

「たしかにこの件に関して捕らえてある者はいますが、それは貴殿を誣告したためです。疑いは私が晴らしてさしあげたことですし、これはもう貴殿とは関係ない。官を騒がせ

た罪で、知事たる私が裁きます」

毅然といわれて張は唖然とし、ついで目を白黒させていたが、知事が口をきっとひき結んで彼と対峙しているのを見てついに無益を悟ったらしい。

なにやら口の中でつぶやきながら、がっくりと肩を落として出ていった。その背中に、

「ああ、それから、お約束いただいていた硯を捜す際の費用ですが、早いうちに計算してご請求しますのでよろしくお願いします」

知事は追い打ちをかけた。

かっとふりむいて何か叫ぼうとしたらしいが、張の声はついに未発に終わり、その姿も消えた。

「なにやら、気の毒なような気もしますが」

笑っていいのか呆れていいのか、懐徳はよくわからなかった。ただ、こじれたように見えた一件が大事にもならず、張家にもそれなりの制裁が加えられたことはたしかに評価してよいだろう。

これで少しは老林親娘も浮かばれるだろうし、鄭四も納得せざるを得ないだろう。

残るは、

「それで——鄭四の処分は、いかがしましょうか」

「そうですねえ。このまま、端州に置いていては、いずれ張家に知れて報復されるかも

しれない。本人の希望があれば、どこかへ移れるように手配しましょうか。硯の職人なら、欽州あたりでも食べていくこともできるでしょう」

と、もうひとつの硯の名産地を挙げた。

「あの、うかがっているのは、そういうことではありませんが。鄭四は誣告の罪を犯しているわけで」

「誣告？　でも、彼は嘘は言っていませんよ。少なくとも張家の横領は事実です。今回が初めてではないんでしょう？　だとしたら、証明は簡単です」

硯匠たちは、知事と張家が結託しているからこそ協力をしてきた。知事という州の最高権力者が厳しい態度で臨めば、張家をかばう者はいないだろう。

「先に証言をとっておいてもいいですね。鄭四に何事かあったら、張家のこれまでの横領を表沙汰にすると言っておけばうかつに手は出さないでしょう」

それは一種の脅迫ではないかと懐徳は思ったが、口にはしなかった。この知事はたしかに知恵者だ。ただ、その上に「悪」という文字がつく。下手に逆らわない方があきらかに身のためだ。それに、たしかに欲のないおもしろい人物だ。

「それから、もうひとつ――これを、どうしましょう」

いいながら、手の中にまだ持っていた箱を示した。

知事は箱の蓋だけを取って、あらためて硯をながめた。なにか迷っている風にも見え

たので、

「知事さまご自身で使われてはいかがですか――官衙で使われるのなら、問題ないと思いますが」

わざと、そそのかすようなことを言ってみた。

だが、知事はすぐに笑って首を振った。

「やめておきましょう。自分の不器用は自覚していますし、うっかり落として割りでもしたら老林と林二娘に申し訳ない」

「といって、こんな曰くのある品――」

献納品にもできない。

「もともと、硯は端州府の責任で販売もしているんです。その中へいれて、なるべく遠方へ売ればいい。それとも、いっそのこと張家へ売りつけますか？」

「は？」

この人は、いったいまた何を言いだすのだろう。

「老林には恨まれるかもしれませんが、張老爺はまだ未練たっぷりでしたよ。井戸をもうひとつふたつ、掘れるぐらいの価格をふっかけても買うんじゃないでしょうか。その代金で別の井戸を掘れば、少しはこの一件の埋めあわせにもなると思うんですが」

「――まったく。参りました」

笑う知事に、懐徳は素直に頭を下げた。

その頭の上へ、

「どうです。頼りなさそうな知事ですが、少しは見直していただけましたか？」

人の悪い笑い声が降ってきた。それが自分が鄭四に言った悪口だと気がついた時には、もう遅い。

「い、いったい、いつ。土地の言葉を、いつお覚えに――」

「まだ、少しだけしかわかりませんよ。ただ、言葉というのは、悪口から先に覚えていくものなんですね。でも、希廉どのが誠実に対応してくださっていたのもわかっています。うれしかったですよ」

軽い笑い声が、開け放した窓の外へ流れ出るのを聞きながら、この人を信用するのは金輪際（こんりんざい）やめようと懐徳は決心していた。もっとも、決心は長続きしないだろうという予感もなんとなくしていたが。

それを知ってか知らずか、知事は几の上の仕事にさっさと戻っていく。古い硯の墨に筆を湿して広げた書類の最後の部分に「包拯（ほうじょう）」と署名するのを、懐徳はため息をつきながら見ていた。

赤(せき)心(しん)

都からの使者が着いた時から、孫懐徳にはなんとなく不安な予感がしていた。

「転任の通知であろうなあ」

ここ、端州は宋の版図の南の端、珠江の少し上流にある辺境中の辺境といっていい土地である。一応、宋という国の中にはあるにはあるし、城市には都から知事が派遣されてきてはいるが、それでも都との間に使者が往復するようなことは稀だった。

もともと人口も少なくのんびりとした土地柄で、大きな訴訟沙汰や争いごともあまりない。こういう辺境の重要な課題のひとつは漢語を使わない異民族との折衝や管理なのだが、端州あたりは温暖な気候が幸いしてか、産物が豊かなせいか、ここしばらく大きな問題が起きていないので都との連絡もさほど緊密にとる必要がなかったのだ。

もちろん、遠いということは使者ひとりにかかる費用も莫迦にならないということで、自然、間遠になるし届けられる文書もある程度まとめてということになる。

公の使者の他に豊かな産物を取り扱う商人が行き来をしており、ちょっとした書簡や他愛ない噂話を運んでくることもあるが、やはり隔靴掻痒の感は否めない。そうなると心情的に都から切り離されたように感じるのだろう、ここに着任してくる知事や役人たちは、着任してから数月でいらいらと落ち着かなくなるのが通例だった。

　この土地出身の胥吏（しょり）の孫懐徳のような者たちは、自分たちよりはるかに身分の上の官僚たちのそういういらだちや落胆や焦燥をおもしろ半分、あとのなかばは嫉妬や侮蔑の思いでながめていたものだ。使者がやってきて知事たちがその内容に一喜一憂しているのを見るのは、正直、おもしろかった。だが、今回着いたばかりの使者に対してだけは、懐徳は決していい感情をもてなかった。

　これまでとは知事に対する感情が、まったく異なっていたからだった。

「希廉（きれん）どの、あの使者はやっぱり……」

　同僚たちが、懐徳の字（あざな）を呼びながらひそひそと彼の周囲に集まってきた。

「そろそろ、そういう年になりますかなあ」

「珍しく、この土地に馴染（なじ）んでおいでのお人だったのになあ」

「まあ、しょせんは都のお方じゃもの、儂（わし）らとは同じにはならんわい」

　最年長の書記官が、嘆息まじりにつぶやいた。

　知事の任期は約三年。

　大きな功績を挙げたり、逆に失敗を重ねたりするともっと短くなる。都の政争の影響が人事に及ぶことも稀にあるが、こんな田舎の知事なら穏便に勤めあげ、また同様の田舎へ転任していくのが通例だ。留任がほぼあり得ないのは、土地の有力者との結託を防ぐためもある。着任した時から、離任の日が来るのはわかっていたことなのだ。

あきらめきれないのは、今の知事が高慢で無能なだけの前任者たちとは一線を画していたからだ。

包拯、字を希仁という若い端州知事は、評価の難しい人物だった。

そもそも、端州は辺境の広東のさらに南の端の小さな城市である。米と南方の薬草が採れる静かな環境で、唯一、他の土地と異なっている点があるとすれば、ここが天下に名高い名硯の産地だということだろうか。

この硯の石材を採る採掘坑は、端渓と呼ばれる川の岸辺にある。ふだんは水没していて水分を多く含むために、肌理が細かく墨を磨るのに適している。また「眼」と呼ばれる堅く小さな異物が含まれるために趣のある意匠の硯が作製できる。故に端渓の硯は文人墨客に愛されてきた名硯とされ、租税のかわりに都へ納められることもある大切な特産品でもあるのだ。

その端渓硯の採掘から製作などを管理するのも、この州の知事の大切な仕事のひとつである。逆にいえば、それ以外の仕事は何もないというのがこの土地だった。

多様な異民族も山間部には点在しているが、概して温厚で互いにうまく棲み分けていて、もめ事はほとんどない。あるとすれば、土地の有力者や商人たちとのつきあいが面倒といえば面倒か。それも一番面倒な部分は、地元出身で複雑な姻戚関係も把握している孫懐徳のような胥吏がすべてお膳立てをし、処理をするのだから、知事が有能であろうとなかろうとあまり関係はないのだ。

懐徳たち、胥吏の立場からすれば、無駄に有能ぶりを発揮して面倒を起こされるより、胥吏たちに一任してのらくらしていてくれる知事の方がよほどありがたい。

そういう意味では、包希仁は理想の知事といえたかもしれない。

ただ、物事には往々にして裏があるものだ。

知事の書斎に通されていた使者が、ほっとした顔つきで退出してきた。下働きの童僕に宿への案内を任せて、奥の気配をうかがっていた懐徳が思い切って書斎の戸口に立ったのはそれからしばらくしてからのことだった。

「希仁どの」

この変わり者の知事は堅苦しいことを嫌い、通常は役職名や尊称ではなく字で呼ばせたがる。公務の席ではさすがにそういうわけにはいかないし、年少の者や勤務して年数が浅いものは遠慮があるのが当然なので無理強いはしないが、懐徳のような側近（そばちか）くで仕事をする年輩者が「閣下」などと呼ぶと返事もしてくれない。

懐徳も当初は困惑したが、三年も共にいるといちいち遠慮してはいられなくなり、自然に口にできるようになっていた。

呼びかけながら、今後はそういうわけにもいかなくなるのだなあと、懐徳は感慨をおぼえた。

「希廉どのですか。そんなところで何をしているんですか」

のんびりとした声がかえってくる。

「いつもすぐに入ってきては開口一番お説教なのに、何かありましたか？」

「いえ、その……お邪魔ではないかと思いまして」

「邪魔？　邪魔されるような仕事は希廉どのが持ってこないかぎりありませんよ」

と、やわらかな笑顔が几(つくえ)の向こう側から上がった。

仕事用の書斎の几の前にいるからといって、仕事をしているとは限らないのがこの知事だった。書物を読んだり字を書いたりしていればまだいい方、下手をすると日がな一日、ぼうっと空を見ていることもある。

まだ、三十代という若さである。

四十代で合格してもまだ若い方という科挙(かきょ)に合格したのは二十代という俊才だという。家の事情もあって何度目かで受験を断念した懐徳などにとっては、雲の上の人物といってもいい。

その俊才が、少し目を離すと官衙(やくしょ)を抜け出して城市の道ばたで物売りの老婆から果物を買っていたりするものだから、着任からこのかた懐徳はあきれてばかりだった。

「お使者の方は宿舎の方へご案内しました。今夜は宴(うたげ)を設けますのでご臨席を」

告げると、嫌そうな顔をして、

「私はいいでしょう。酒は不調法ですし」

「そういうわけにはいきません。きちんと主人役をつとめていただかないと。知事宛ての書簡を届けにこられた方なのですし」

懐徳がいうと、童子のように不満そうな表情をあらわにした。

「私は飾り物ですし、いない方が皆も気楽でいいでしょうに」

「また、そういう返答に困ることをおっしゃる。とにかく、顔だけは出してください。でなければ、お使者が、知らない土地で知らない人間に囲まれてひとりで呑む羽目になってしまわれます。それはいくらなんでも失礼でしょう」

「ああ、たしかに、それはそうですね」

「それから、お使者にお持たせする硯を何面かみつくろっておきましたので、後で選んでくださいますよう」

とたんに、また眉をひそめて、

「私はそういう風習には賛成しないのですが」

包希仁はつぶやいた。

この男、ことと次第によっては清濁合わせ呑むこともできるのだが、細かなところで妙に潔癖だったりする。そのあたりの線引きがよくわからないうちは懐徳もとまどったのだが、どうやら権力を持つ者が何もせずにただ役得だけをむさぼるのを嫌うらしいと見当がついてきた。逆に、それがひいては大勢の民の利益になるのであれば、多少のことには目をつむる。

包希仁がここに着任してまもなくのころ、この土地の分限者が金銭にものをいわせて横車を押そうとしたことがある。希仁はその企み自体は阻止したが、事を公にし法に照らして処罰しようとはしなかった。見逃すかわりに金銭を出させ、水利の悪い城市内に井戸を掘らせた。

「まあ、それなりにその土地で長く暮らしてきた方たちと、正面きってことを構えてもいいことはありませんからね」

と、韜晦していたが、この一件で他の有力者たち、特に異民族の長たちの対応が穏やかになったのは事実だった。少なくとも「御上」の命令に最初から身構えてけんか腰になるのではなく、まあ、話ぐらいは聞いてみてもよかろうという態度にはなった。両者の間に立って調整するのが役目の懐徳をはじめとする胥吏の仕事も、格段に楽になった。

それは感謝しているのだが、だからといって時々、こうやって臍を曲げるのは勘弁してほしいと懐徳はため息をついた。

「別に無料で召し上げるわけではありません。こういう贈答用のものは、ちゃんと公の費用で買い上げているのですから、問題はないでしょうに」

「問題はそこではありませんよ。贈られた人が自身で硯を愛用してくれるのであれば、それはそれでいいのですよ。ですが、聞いた話ではそうやって得た硯を都で売り飛ばして儲けているというではありませんか」

「役目とはいえこんな田舎にまで脚を運ぶのですから、それぐらいの役得はよろしいかと思いますが。それに、人には好みというものもありましょう。現に希仁どのも、せっかく作っている現地においでなのに、絶対に当地産の硯は使っておられないでしょう」

几の上には、何も飾りのない小さな長方形の硯がひとつ、無雑作にのせてあるだけだ。これは着任の時に知事自身が持参してきたわずかな私物のひとつで、貧乏書生が使うような安価な量産品である。

書生時代からのものを大切に使っているのかと、当初、懐徳はひとり勝手に想像して感心していたのだが、

「ああ、それは、すぐに落として割ったりしてしまうからですよ」

なんともあっさり言われた時の脱力感といったらなかった。

もちろん、勝手にひとり合点していた懐徳の方が悪いのであって、包知事に責任はないのだが。

この知事ときたら、大切な書類を書いている時ですら墨は零(こぼ)す筆は落とす、几や服は汚す。さすがに調度や建具までは壊さないものの、しょっちゅう柱や敷居にぶつかって

いる。粗忽というか、要するにいつもなにかしらよそごとを考えているせいで注意散漫なのだ。

さいわい、ここに来て以来、一度も硯を落としたり傷つけたりしたことはないが、

「ここで壊したりしたら、即座に希廉どのが逸品中の逸品の端硯を持ってこられるでしょう。それは、極力、ご遠慮したいので」

そういうことを、にこにこと言うものだからたまったものではない。

この土地が嫌いなのではない。

むしろ、この初めての赴任地が気に入り、積極的に馴染もうとしていた。ここ広東で使われている言葉は、都のものとは大きく違う。今までの知事は、胥吏たちがいなければ土地の者との会話すらままならなかった。だが、包希仁は言語の才があったのか着任早々に言葉をおぼえ、簡単な会話なら道ばたの物売りたちとですら軽口を交わせる程度になってみせた。

今では陳情の者の言葉もあらかた理解しているので、胥吏たちの手間はずっと軽減されている。有力者たちの評判が悪くないのも、そのあたりに起因している。

庶民は文字を書けない者が多いため、陳情や訴訟を起こす場合、その仲介をし書面を作成する代言人という職があるのだが、知事が直接に聞き取りをすればすぐに虚言が知れてしまうので、いい加減な仕事ができなくなるという効果もあった。

もうひとつ、胥吏たちがうかつに上司の悪口が言えなくなったというのも、効果の内に数えてもいいかもしれない。

「ともかく、宴に顔だけはお出しください。逃げても無駄ですよ。どうせ、もう一度開くことになるのですから」

包希仁はかすかに眉を寄せた。それが「しまった」という時の彼の表情だということを、懐徳は知っていた。いつも飄々としてものやわらかな笑顔を絶やさず、表情からはなかなか他人に腹の底を悟らせない男だ。それでも、側近く仕えて手足のように働いて――というより、振り回されているうちにわずかな表情の変化は憶えてしまった。

「離任される時には、今、手に入るうちで一番立派な硯をお持ちいただくよう手配いたしますからね」

と念を押すと、めずらしくあからさまに嫌な顔をして、

「そんなことをいうから、黙って出ていこうと思っていたんですがね」

「そうはいきません。だいたい、引き継ぎの事務が山ほどあるのですから、黙って消えるなど不可能です。後任の知事どのにも迷惑ですし。下手をすると、職務怠慢だと都へ報告が行きますよ」

「それならそれで、別にかまいません。辞めて故郷へもどるだけの話ですから」

この男は、科挙に合格した直後、任官を断ってしばらく故郷にもどっていた。老齢の

両親の面倒をみたいという理由からで、それを朝廷も認めざるを得なかった。結局、ふたりを看取ってからあらためての出仕を認められた異例の経歴の持ち主なのである。だからというわけではないが、本当に嫌になれば官を辞めかねないのが包希仁という人物だった。

「それで、離任は何日ごろになる予定ですか」

聞きたくない話題だが、訊かないわけにはいかなかった。返答は、

「まだ、わかりません」

あたりさわりのないものだった。

「後任がまだ、はっきりとは決まっていないようですし。それが決まっても、ここに到着してからのことになるでしょうし、まだ当分先の話ではないでしょうか」

韜晦癖のある包希仁の言うことだから信用はできないが、どちらにしても離任の準備は必要だろうと懐徳は判断した。まずは、硯をなんとか一面でも持って帰らせる工夫がないものか、いろいろと思案を始めた矢先だった。

盗賊騒ぎが勃発した。

それも、数人が山中を逃げ回っているという報である。

至急、捜索の手配をしなければならなくなった。

もともと温暖な気候でめったに争いごとが起きないのんびりとした土地柄に、これは青天の霹靂ともいうべき事態だった。当然、端州の官衙としても慣れない対応に大わらわになった。

官衙の官兵はいるが、こういう大がかりな警備や探索にはとうてい数が足りない。あわてて人手を集めようとしたが、そういう時の段取りですら不慣れというありさまである。さすがの包希仁も陣頭にたって指揮を執り、対応に忙殺された。

そもそも、盗賊というのが本来は端州での話ではなく、隣州で起きた揉め事が発展したあげくに金品を強奪してこちらへ逃げこんできた連中だというから、さらに話が面倒になった。隣州の知事からは、早く捕らえてくれとの催促がはいる。しかも、首尾良く捕らえたら手柄は隣州の知事のものにせよとの御託付きだったものだから、端州の官吏たちは上から下までそろって憤慨した。

「己らの失態を棚上げにして、よくもまあ、ずうずうしいことを」

「言っても仕方がありません。まずは、問題の連中を捕らえてからの話です」

こういう時は、現実的になるのが希仁の長所である。

「逃げこんできた連中は山間部を転々としているようですが、食料の調達などを考えると人里に必ず姿を現すはずです。山中の部族の長たちとの連絡を密にしてください。もちろん、きちんと礼を尽くして頼むように。捕らえた場合はもちろん、姿形や痕跡を見つけたという報告にも謝礼を出すと伝えるように」

と、指示を出したあと、

「ああ、決して無理をしないようにとも伝えてください。こんなつまらないことで怪我人や犠牲者を出すことはありませんから。この点は、くれぐれも全員に念をおすように。無事に捕らえたら、改めて皆に礼を申しあげるからとも」

手柄を逸って部族間での争いになることも考慮して、釘を刺したのだ。

胥吏たちが驚いたことに、希仁は入り組んだ山間部の地理もしっかりと把握していた。少なくとも、人の住む集落の位置とそれぞれの距離はおおまかではあるが理解しており、目撃したという情報を集めては移動や居場所の範囲を的確に予測していく。

「はて、知事どのはあまり遠出はなさらなかったはずだが、いつの間にあんなことを知っておられたのだ？」

「いかさま、あんなに仕事ができるお人とは思わなかった」

あげくが、こんな声まで出る始末だ。

「謙遜もけっこうだが、まさか、できる仕事まで手を抜かれていたのではあるまいな」

これは、感嘆と同時に嫌みも混じっていた。

これだけの事ができるなら在任中にもっと働いて欲しかったのだが、という恨み言である。

中には側近の懐徳にまで文句を言ってくる者もいたが、

「それは、私が一番言いたい」

懐徳も負けてはいない。

「それに、ずっとあの調子で仕事をされていたら、こちらの仕事にも口出しされて面倒なことになっていたと思うぞ」

言い返すと、

「まあ、それはたしかに」

と、たいていの者はひきさがった。

懐徳は懐徳で、この時期、目が回るような忙しさだった。

知事の仕事の多さはそのまま、懐徳の仕事量に反映する。この盗賊騒ぎは懐徳のあらゆる時間をも奪っていった。さらに忙しさの隙をついて、彼はもうひとつの手配を急がなければならなかった。

「これが、私にできる精一杯の仕事です」

顔見知りの職人が、夜中にこっそり懐徳の自宅を訪ねてきて硯を数面、差し出した。

包希仁がこの端州に着任してすぐに関わった事件で救われた男である。もともと腕のいい職人な上、包知事を恩人と慕っており懸命にいい品を仕上げてくるので、いままでも何度か官衙の贈答品用として作品を買い上げている。その時は当然、官衙へもってこさせていたのだが、今回ばかりは希仁の目を避ける必要があった。

「無理をいって中し訳なかった」

「いえ、知事さまのためでしたら」

無口な男は、少し悔しそうに応えた。

「もっと長くいていただきたいのだが、そういうわけにもいかん。とにかく、硯を見せてもらおうか」

持ちこまれた硯は三面。

一面は蓬萊硯と総称されるもので、東海に浮かぶ神仙の島の意匠。もう一面は元の石の形を生かして全体に水紋を彫りこんだもの。最後の一面は眼を生かして、大きな桃の木をあしらったもの。

どれも石材といい細工といい、見事なものだったが、

「あのお人は、とにかく華美なものが苦手でなあ」

つくづくと眺めながら、懐徳は嘆息した。

「できるかぎり、簡素にしたつもりなのですが」

「いやいや、すまぬ、責めているのではない。儂が己の選択に自信がないだけだ」

慌てて謝って、一面を手にとった。

「どれも甲乙つけがたい。いっそ、この三面、全部を送って知事どのご本人に選んでい

ただくか」

「……あの、送るとは、どちらに？」

直接手渡すのではないのか、という男の疑問に、懐徳はしばらく迷ったようだが、

「誰にも口外するでないぞ」

無口な男に、さらに口止めをして、

「宿へ、先回りして送りつけようと考えておるのだ」

「宿？」

「さよう。知事どのが離任して都へ戻る途上に利用される宿舎は、ほぼ決まっている。そもそも、その宿を手配するのはこの儂じゃ。少なくとも、この端州内で宿泊される宿は儂が決め、連絡をいれて荷物も先へ先へと送っていく。そこへ……」

この硯をも前もって届けておく。

できれば、端州から出る直前の宿がいい。そこまで行って受け取らせてしまえば、わざわざ返却のために引き返してくるわけにもいくまい。宿の主には十分に言い聞かせて、無理矢理にでも荷物に紛れこませようと企んでいる。

「三面もあれば、いくらなんでも三面とも突っ返されることもあるまい」

こちらの気持ちを汲んで、一面ぐらいは受け取ってくれるのではないか。朴念仁を自称してはいるが、人の気持ちのわからない人では決してない。そんな賭けにも似た思い

だった。

そうやって準備を整えかけたころ。

ようやく、盗賊の一団を捕らえることができた。

一団といっても捕らえてみれば総勢は五人ほどで、どの男もみすぼらしいなりなのはともかく、武器といえるほどのものも持っていないありさまだった。奪ったといわれていた金品も、身にはつけていなかった。

「さて、これは素直に隣州に引き渡していいものか」

包知事が小さくつぶやいたのを耳にして、懐徳は嫌な予感がした。

「何をおっしゃる。面子などにこだわっている場合ではございません。さっさと引き渡して面倒事からは早急に手を引くのが一番です。それでなくとも、この騒ぎでこちらの仕事まで滞ってしまっているのですぞ」

多少、きつめに警告を発すると、

「別に、面子にこだわっているわけではありませんよ」

嘆息まじりではあるが、いつもどおりののんびりした口調がかえってきた。

「ただ、盗んだという金品を所持していないのが気になるのですよ。冤罪とまでは言いませんが、なにか事情があるように思えるのですが」

「逃げている途中で、どこかに隠したのでは？」

「そうかもしれませんが……隠してしまったならもっと早く、遠くへ逃げていくと思いませんか？　一旦安全なところへ逃げた上で、ほとぼりが冷めたころに取りにもどってくればいいことなのですから。それがいつまでもこのあたりをうろうろしていたのは、離れたくない事情があったからだと思うのですが」

「そうかもしれません。ですが、それを調べるのは希仁どのの仕事ではなく、隣州の知事さまだと存じます」

「それはそうですが」

　と、あいかわらず歯切れが悪い。

「とにかく、早く隣へ護送してしまいましょう。厄介ごとはもうたくさんです」

「ですが、費用はどうします？」

「は？」

　突然、話の方向が変わったので一瞬、動きが止まる。

「費用です。彼らを隣州へ送るにしても、費用がかかります。それに今回、捜索するために徴募した者たちへの支払いやら各地の長たちへの謝礼やら、その他もろもろ、合わせると莫迦にならない額を費やしています。捜索や捕縛を引き受けた以上、この端州もそれを負担する必要はあると思います。ですが、全額は筋が違うと思うのですが」

「それは……たしかに」

今度は懐徳の方が歯切れが悪くなった。

とたんに希仁は、隙をみつけたといわんばかりの笑顔を見せた。

「希廉どのも、そう思いますよね」

「ですが……」

「礼金をよこせとまではいいません。ですが、かかった費用はきちんと請求するべきだと思いますが、いかがなものでしょう」

「請求の仕方が難しいとは思いますが」

いきなりこれだけを払えといっても、そう簡単に応じるわけがない。もともと、盗賊たちも手柄も全部よこせといってきた強欲が相手なのだから、なおのことだ。

「まあ、交渉してみましょうか。断られたら断られたで、また別の方策を考えればいいことです」

何を考えるのだと思わず問いただしそうになったが、たぶん一切答えてくれそうにないだろうと独り決めして口をつぐんだ。

人が悪いことに、希仁はまず、費用請求を一度ではなく小出しにした。

「お引き渡しするのはかまいませんが、こちらから護送するとなると人手が……」

と、口を濁していっこうに動こうとはしなかった。

端州側としてはせいぜい牢内の盗賊たちの食費がかかる程度で、どれだけ留めておいても手間はかからない。隣州の知事がどれだけ騒ごうが、都合が悪かろうが知ったことではない。

この点では、端州の官吏たちは上から下まで包知事の味方だった。

ようやく隣州から、

「では、こちらから護送する人員を出すのでお引き渡し願いたい」

書簡とともに数人の官兵が派遣されてきたのは、盗賊を捕らえてから数えてひと月後のことだった。

もちろん、包知事は素直に応じる気はない。

官兵たちを留め置いたまま、

「捕らえるために動員した者たちへの手間賃を、負担していただければありがたいのですが。どうかご考慮の上、善処いただきたい。その回答があるまでは、皆さまはこちらでお預かりいたします」

と、書簡を送りかえしたのだ。

さすがに官兵たちを牢にほうりこむわけにはいかなかったが、宿に足止めするのはそれほど難しくなかった。

もちろん、理不尽に軟禁された隣州の官兵たちのいらだちは尋常なものではなかったが、

「気持ちはよくわかります。ですが、これはそちらの知事どのの対応にかかっているこ
とで、こちらの判断では如何ともしがたいのです。どうか、ご容赦を」

直接、包希仁が語りかけたことで簡単にその矛先が逸れた。彼らに十分な酒食がふる
まわれていたのは当然のことである。

「さて、どこまであちらのやせ我慢が続きますか」

滞っていた本来の仕事に追われながら、希仁はふわふわと笑っていた。もちろん自分
から仕事に励んでいるわけではなく、懐徳にせき立てられてのことなので、隣州がらみ
の報告も反応も自然に後回しになる。ただ、

「やりすぎると、面倒なことになりかねませんが」

わざと後回しにしている張本人の懐徳も、不安がないわけではなかった。

「無駄に焦らすのはいかがなものかと」

言外に、いい加減なところで妥協した方がよろしいのではと進言したつもりだったが、

「では、効果的に攻めてみましょうか」

希仁に、にこりと笑われた。

こういう顔をした時は、もっと面倒なことを企んでいる証拠だ。

「攻める、とは」

「決まっています。かかった費用、全額をきっちり提示してさしあげるのですよ」

「それは……喧嘩を売る、というのでは」

「そんなことをするつもりはありません」

きっぱり言ったもので、少し安堵したとたん、

「売られたものを買うだけのことです」

にこにこと、言い切られてしまった。

同じことですと反論するのはあきらめて、

「高く買わされることにならなければよろしいのですが」

少しばかり嫌みが混じったのは、懐徳の立場からすると仕方のないことだろう。こういうことは、遺恨を残しかねない。包知事はあと少しでここを離任していってしまうからそれでいいが、地元の人間である懐徳たちはあとあとまでその遺恨とつきあっていかなければならないのだ。

「そのあたりは、安心していただいて結構ですよ」

どういう勝算があるのか、懐徳は訊く気力もなかった。

これだけ見得を切ったなら、それなりのことはやる人物だという信頼感もわずかながらあったからかもしれない。

希仁が算出させた額は、懐徳たちが予想していた以上のものになった。

なにしろ動員した人間たちの俸給はもちろんのこと、毎日の食費から宿泊費、長たち

へ礼のために贈った品まで金銭に換算して計上した。盗賊たちや足止めしてある官兵たちの食費、医療費、その他もろもろもすべて含めてある。

「無理です。こんな金額、隣州が承認するわけがありません」

「別に、その全額を払わせようなんて気はありませんよ」

希仁は珍しく笑いもせずに答えた。

「驚いて交渉に応じてくれれば、それで結構。まあ、交渉次第では半額ぐらいにすることは可能でしょう」

「半額、ですか」

「まあ、落としどころはそのあたりでしょうね。そういう駆け引きを、理解してもらえればありがたいのですが」

「そういえば、あの盗賊たちが盗んだという金品の行方を捜さなくてよろしいのでしょうか」

盗賊たちの身柄はこちらにあるのだから、いくらでも事情を訊くことはできるはずだ。言葉もさほど不自由はないから直接訊くことも可能なのに、何故か希仁は一度も会おうとはしていなかった。もちろん、他の者に取り調べるようにとの命令も出していない。

「こちらが捜す筋合いのものでもないでしょう」

「ですが、当人たちからの聞き取りぐらいはできるのでは」

「よけいな入れ知恵をしたと疑われるのも嫌ですからね」

それはそうだ。

「さて、これでどう出ますか」

懐徳以外にも反対する者がいないわけではなかったが、結局、算出額は慇懃無礼な文言を連ねた書簡とともに隣州に送られた。

激烈な反応が返ってきたのは、数日後である。

『この件に乗じて私腹を肥やすつもりなら、都へ報告するのでそのつもりで』

要約すると、そういう内容だった。

「おや、思ったよりも早かったですね。やればできるではありませんか」

と、希仁の方の反応はあくまでもおっとり、かつ強気である。

「しかし、私腹とはなんと失礼な」

希仁の生活ぶりから収支までを把握している懐徳は、激しく立腹したが、

「これは自白というものでしょう。思ったよりあっさり、白状しましたね」

「と、おっしゃると」

「人間は、自分が考えていることは他人も考える、自己(おのれ)が調べられたら困ることは他人も困ると考えるものなのだそうですよ」

「……ひょっとして、盗まれた金品というのは？」

隣州の知事が着服したものを、盗賊たちになすりつけようとしたというのか。

「おそらく、そうでしょう」

困ったものだという風に、希仁は頭を振った。

「証拠はありませんがね。調べればもっといろいろ出てくると思いますが」

「では……」

「隣州のことを調べたり弾劾したりする権限は、知事にはありませんよ。それは懐徳どのが一番よく知っていることではありませんか」

「ですが」

では、なんのためにこんなことを仕掛けたのだと訊ねてみたら、

「もちろん、この交渉をこちらに有利に運ぶためですよ」

「有利とは。どう、返答なさるおつもりですか」

「さあ、どうしましょう。報告すると言うならしていただきましょう、とでも？」

売られた喧嘩を買うどころか、高値で売り返す気だ。

焦りが表情に出たのだろう。

「どうしますか？　止めますか？」

にこにこと笑いながら、訊かれた。

「止めて止まるお方なら、今まで苦労しておりません」

嫌みをこめて言い返してみたところ、この知事にしては珍しく声をたてて笑った。

「わかりました。では、好きなようにやらせていただきます」

ふだんは懐徳がせっつかないと仕事をしないくせに、こんな時ばかりは嬉々として几に向かいなにやら文書を書き始めた。

内容は、当然のことながら懐徳には教えてはくれなかった。

書簡は、隣州からの官兵をひとり選んで持たせた。

「まあ、こちらから人を出したら、あちらも真似をして留め置いてしまうでしょうから」

このあたりの配慮は、さすがというか人が悪いというべきか。

少なくとも、人をひとり返したというのはいい方向に働いたようだ。

次の返信は、今までになく早く届いた。

そして、今までになく長い文面だった。

「おそらく、これで決着がつくと思います」

それを丁寧に読み終えた希仁は大きく、嘆息しながら懐徳に告げた。

「それでは」

「費用は半額負担。金銭がこちらに納入された時点で官兵たちは帰還させる。ただし、盗賊たちはこちらで取り調べ処分させてもらいます。もちろん、捕らえたという功績はこちらのもので」

「その条件を呑まれるのですか」

あれほど強気だったから、もう少し細かく交渉を続けるかと思っていた。

「まあ、このあたりが退き時でしょう。少なくとも、問題の盗賊たちはこちらで好きに処分できるのですから」

「処分……なさるのですか」

「詳しく事情を訊かなければならないのは確かでしょう。処分の軽重は、その事情次第でしょうね。たとえば――たとえば、ですよ。非常に軽い処分で済ませることも可能です」

「では……」

この人は、最初から彼らをかばうために隣州の知事に喧嘩を仕掛けたのだと気がついた。盗賊たちを捜索している間はともかく、捕らえてすぐに事の次第を推測した。

「まるきり無罪だとは思っていませんよ。おそらく、小さな窃盗(せっとう)は働いているでしょう。こちらへ逃げこんできてくれたおかげでいろいろ支障も出ましたし、その責任はとってもらいます」

あまり厳しくもない口調で、だがしっかりと宣言した。

「ただ、隣州の知事どのが主張しておられるような大金は、見たことも聞いたこともないのではないでしょうか。やってもいないことで断罪されるのは、いくらなんでも気の毒です」

「ひょっとして端州内を逃げ回っていたのは、希仁どのに助けを求めていた……」

「自惚(うぬぼ)れを承知で言わせていただければ、たぶん、そんなところかと。でも、もっと早くこちらへ出頭してきていただいた方がありがたかったのですが。完全に信用はされていなかった、というところですかね。これは私の不徳の致すところでしょうか」

　本心でどう思っているにしろ、そうやって反省をするふりをするから、懐徳たちはそれ以上、何も言えなくなってしまう。

「ともあれ、片がついて安心しました。これ以上、長引いたらどうしようかと」

　ほっと、両肩を軽く上下させた懐徳に、

「こんなに時間をかけるつもりはなかったのですが」

　希仁も同調する。

「事を大きくなさったのは、どなたですか」

　自業自得だろうと懐徳が皮肉をいうと、

「ちょうどいい頃合いで収束させられる自信があったのですけどね。少し、甘く見ました」

　妙なことを言い出した。

「ああ、なんでもありませんよ。さ、取り調べを、さっさと終わらせてしまいましょう」

手にしていた書簡を手早くしまい、希仁は立ち上がった。

「ご自身で調べられるのですか」

「その方が早いでしょう。まあ、たいして訊くこともないと思います。さ、行きますよ」

思えば、この悠長を絵に描いたような知事が、仕事を急きたてること自体が妙だった。

翌朝、官衙に出てきた懐徳は愕然とした。

「おいでにならない？」

「ほんとうに、いないのか。城内にふらふら出かけておられるのではないのか」

官衙には知事の棲まいも隣接している。懐徳はふだんから出入りを許されているから、すぐにそちらへ向かった。

包希仁が書斎にしている部屋は、一見、何も変化がないように見えた。

もともと簡素で、調度も小物も最低限しか置いていない。

だが、よく見ると小物が減っているのがわかった。

几の上には書類がきちんと端をそろえて積み上げられ、知事の官印を文鎮がわりに載せてあったが、筆や硯は消えている。書籍も全部ではないが、半分がたは無くなっているようだ。

無礼を承知で他の部屋へも踏みこんでみたが、衣類が減っているような気がするものの細かいことまではわからない。

希仁は端州に来るについては家人を故郷に帰し、ひとりで赴任して来ている。だから何が無くなっているかを訊くとしたら、身の回りの世話をするために雇われている侍童からしかないが、その子供も姿がない。

呆然としながら几の上の書類を抱えて表の官衙に戻ると、ちょうど外へ捜しに行っていた者が駆けこんできたところだった。

「朝早く、城門が開くと同時に出ていかれたのがそれらしいという話で……」

「確かか？」

「顔は誰も見ていないそうですが、姿形からいって間違いないかと」

城市の門は夜明けと同時に開き、日没と同時に閉じられる。門が開く時間に出入りするのは城外の農地に働きに出る農民ぐらいなもので、長身の書生姿は目立ったという。しかも、簡単な旅支度をしていたとも報告があった。それでも、誰も確かめず声もかけずだまって見送ったのは、ふだんからふらふらと朝の市を見て歩く姿をみんなが見慣れていたせいだ。

「徒歩で出て行かれたのか」

吏の誰かが訊ねた。是(はい)という答えが返る。

それっ、と皆が外へ走り出すのを制止したのも懐徳だった。

「無駄だ」

「しかし、徒歩で旅立たれたのであれば、今から馬で追いかけるとかすれば」

「追いつくかもしれん。だが、戻られるまい」

抱えていた書類の束を、ため息をつきながら示した。

いつの間に書いたのだというぐらい膨大な量の書類が、きちんと仕上げられている。その束の一番上にはいつの間に送られてきていたのか、何月何日までに京師(けいし)に戻るべしとの命令書が置かれていた。後任の知事の名と着任予定日も、追記されている。予定日はすぐ間近に迫っていた。

「今日中にこちらに連れもどしたとして、改めて支度をしたり引き継ぎをしたりしていては、期限までに京師に到着するのが難しくなる」

「それは、そうだが」

「思えば、例の盗賊騒ぎのせいでぎりぎりまで出発を引き延ばしておられたのだろう。いや、頃合いを見ていたとか口走っておられたから、あの騒動を利用して、こっそり端州を離れるおつもりだったのかもしれない」

包希仁らしいといえばらしい行動だった。

「送別の宴が、それほどお嫌だったのかのう」

年輩の吏が、嘆息まじりにつぶやいた。

ふつうなら冗談になるところだが、その場にいた者ほぼ全員が納得するようにうなずいていた。

「せめて、別れを惜しむぐらいのことはさせていただきたかったのだが」

「そういうことも、苦手なお方であったからのう」

と、皆、すっかり諦めの境地に入ってしまった。

そういえば——と、懐徳は思い出した。

用意した三面の硯は、すでに宿に送り出してある。が、あれが無事に包知事の手に渡るのだろうか。今から宿の主に事の次第を急報して捜しだしてもらうという方法もないではないが、こちらがむきになればなるほど逃げられてしまいそうな気がする。

硯の行方の確認はいずれとらなければならないが、新任の知事の着任予定やら準備やら、新たな仕事が目の前に出来(しゅったい)している。まずやらなければならないのは、この書類の束の処理だ。それから新知事を迎える準備もやらなければならない。すっかり包希仁ののんびりと鷹揚なやり方に慣れてしまったが、次の知事の人柄によっては、いろいろと引き締めなければならないことも出てくる。

「とにかく、仕事にかかろうか」

懐徳は声をかけた。

「これは、例の盗賊どもの判決書だな。これはあの探索でかかった費用の決算書、これは各方面への礼状。早速に送る手配を。この書類の束は、後任の知事どのへの申し送りだ、これは……」

それぞれの役目の者へ書類を振り分け、一日の仕事が始まった。

数日後。

新任の知事が端州に到着した。

どんな人物かと緊張する胥吏たちの前に現れたのは、白髪白髯（はくはつはくぜん）の穏やかそうな老人だった。

「こちらへの赴任を最後に、官を退くつもりでしてな。都からは遠いが、老人には暖かなところで過ごせるのがありがたいと、志願しましたのじゃ」

董（とう）という名の新知事は言動も容貌どおりの穏やかさで、懐徳たちはひとまずほっと胸をなで下ろした。こういう人柄であれば、うまくやっていけそうだ。

「このような僻地に、よくぞおいでくださいました。ただ、前任の知事どのがただ今……」

挨拶もそこそこに事情を説明しなければと焦る官衙の人間に、

「いや、包どのとはすでに挨拶を終えておる」

董知事は意外なことをいいだした。

「は？」

「端州内に入ったばかりの宿で落ち合ってな。一晩、いろいろと端州のことを伺った。さらに詳しい話は書面にして置いてきたといっておられたが」

「ご覧になられるようでしたら、すぐに持ってまいります」

懐徳が答えると、

「そなたが孫希廉どのか。話はうかがっている」

にこにこと、話しかけてきた。

「包どの曰く、何事も希廉どのの指南に従っておれば、無難にお役を勤められるとのことでな。何分にもよしなに、皆もよろしゅうお願いしますぞ」

それでは少しは信頼されていたのだ、と、懐徳はなんともいえない気持ちになった。

包知事には、なにかと振り回されていた記憶しかない。こちらからも、いろいろと失礼な口をきいた。険悪だったとまでは思っていなかったが、評価されているとも思わなかった。

それを、こういう形で伝えてくれたのかと思うと自然に頭が下がった。

「もったいない。なんでもお申し付けくだされ」

最後の懸念は、先に送った三面の硯の行方だった。

宿に問い合わせようと思いつつ、新知事の案内に追われてなかなか時間がとれずにいた。とりあえず、硯を送った宿に包希仁が宿泊したことは董知事の話からわかったし、宿の主人からは受け取りを拒否されたという報告もない。そもそも、置いていかれたならその処遇をどうするか、問い合わせてくるだろう。そう判断して、確認が後回しになっていた。

日々の雑務に紛れて記憶が薄れがちになったころ。

突然、懐徳あてに荷物が届いた。

「前の知事どのから、私に？」

中には書簡と、飛銭(ひせん)の手形がはいっていた。

大きな商取引のためにかかる費用を、安全に運ぶための工夫が飛銭である。たとえば、都で大金を両替商に預けるとする。その商人からこれこれこれだけの額を預かったという証文を渡されるので、それを遠隔地の相手に送る。受け取った方はその両替商の指定する店へ行き証文を示して、金銭(かね)を受け取るという仕組みである。

県の費用や税の納入などのやりとりがあるから、懐徳も何度も携わったことがあるが、はて、今頃に何の送金だろうと額面を見て首をひねる。

こんな金銭を送ってこられる理由がない。

何事だろうと書簡の方を手にとった。

定型の美辞麗句は省いていきなり、ひとことも告げずに端州をひとりで出発した謝罪から始まっていた。

後任の董知事とは、あちらが都を出発する前から書簡を交わしていたこと。端州城内ではなく宿で引き継ぎたい旨を連絡して、宿で待っていてもらったこと。宿で硯三面を受け取ったこと。

『この金銭は、その硯三面を売却した代金です。価値のわかる、大切にしてくれる方に譲りました。これを、先日の盗賊騒ぎで掛かった費用の足しにしていただきたい』

足し、というが、端州が負担した額とほぼ同額だ。

これが本人が目の前にいたなら、「餞別の硯を売り払うなど、批判しておいでではなかったのですか」ぐらいの嫌みをいうところだが、あいにく本人はすでに遠い都だ。しかも、懐にいれるのではなく、隣州のせいで無用な出費を強いられた分に充てるというのだから筋は通っている。

包希仁のことだ、ひょっとして、餞別の硯が行く先に待っていることも予想していたのかもしれない。だからこそ、費用の負担云々も強気に出ていた可能性はある。

『董知事にもことの経緯はざっとお話ししてあります。ふたりで相談して巧く処理してください』

今さらこれだけの額を突き返すのもはばかられるし、ここまで書かれていては従うしかない。

嘆息しながら、書簡の最後まで目を走らせる。

『なお、隣州も近いうちに知事が交代すると思いますので、そちらへの配慮は無用です』

追記のような形で、さらりと書き加えてあった。

なるほど、在任中に手を出さなかったのはこの手があったからなのか。

離任後には必ず、在任中の業績を上奏する。その上奏の中に、疑問という形で最後の盗賊事件に言及しておけばいい。ふつうならその程度で知事の任免にまで至ることはないが、もしも元々評判が悪かったり、以前から疑惑をもたれていたりする場合はその限りではない。

希仁が在任中に他州の知事の瑕疵（かし）を言い立てれば、希仁と同時に端州の官吏たちも恨みをかうが、こういう形ならば仮に恨まれたとしてもその対象は包希仁ひとりですむ。

「まったく、あの人は」

書簡を手に、懐徳は深く嘆息した。

ぼんやりしているように見えて、どこまで深く考えていたのだろう。さんざん言を左右して人を振り回しておきながら、大局から見ると誠実に行動している。とんでもなく矛盾した人であったな、と、懐徳は再び、もうひとつ大きく息をついた。

「また、会うことがあるのだろうか」

そんなことを思いながら書簡をもと通りにたたみ、手形とともに包みなおし、董知事に見せるために立ち上がる。

見上げた視線の先に、南方の青い空が広がっていた。

紅恋記

そもそも、都から来る巡察使など、現地で実務にあたる吏官にとっては邪魔者でしかない。とはいえ、それは仕事ぶりを監視され評定をうけるからでは決してない。よけいな仕事が増えるからだ。

まず、巡察使の宿泊先の手配に接待の準備が必要となる。土地で一番の宿に一番の店、それに上等の食事に上等の酒に音楽。もちろん、遊郭には手を回してとびきりの妓女の手配もぬかりなく行わなくてはいけない。

日程に余裕があるなら、土地の名所旧跡の案内の手配も必要になる。むろん、その先での酒食に土地の有力者との顔合わせ。

中央から赴任してきている知事やその下のお役人たちは気楽なものだ。煩雑な交渉ごとも気配りも吏たちに丸投げして、巡察使のご機嫌を取り結び、有力者たちにもいい顔や安請け合いをすればいいだけだ。ついでに宴席に自分たちの馴染みの妓女たちを招けば、堂々と公費で遊べる。もっとも、彼らはふだんからなにかにかこつけては公務と称して遊んでいるのだが。

文句を言おうにも、科挙という中央の国家試験を通過して赴任してくる官僚たちと違

2023 9

中公文庫　新刊案内

三度目の恋

川上弘美

結婚したのは、唯一無二のはずだったひと。高丘さんに教えてもらった「魔法」で、むかしむかしの世に旅に出るようになるまでは。平安、江戸吉原、現代――『伊勢物語』をモチーフに紡がれる、千年の恋の物語。
〈解説〉千早 茜

そんなにも、
彼が好きなの？

●946円

おまえなんかに会いたくない

乾ルカ

十年前、校庭に埋めたタイムカプセルの開封を兼ねて、高校同窓会開催の案内が届く。だが……⁉　モモコグミカンパニーとの対談を収録。〈解説〉一穂ミチ

●924円

何年、生きても

坂井希久子

優柔不断な夫に見切りを付け、家を出て着物のネットショップを営む美佐。実家の蔵で、箪笥に隠された美少女の写る古写真を見つけ……。〈解説〉高頭佐和子

●880円

サバイバル家族

服部文祥

「今日から庭でウンコする」父の野糞宣言、息子ニート化もなんのその！　サバイバル登山家と型にはまらぬ家族による爆笑繁殖エッセイ。〈巻末対談〉角幡唯介

●924円

庫

谷津矢車

説の傑作　第6
コンクール課題図書。〈解説〉額賀澪

青天
包判官事件簿

井上祐美子

清廉潔白、裁きは公平。晴れ渡った空の如し――。北宋に実在した中国史上屈指の名判官「包青天」の活躍を描く、連作中華ミステリ短篇集。待望の文庫化！

●880円

幸せな家族
そしてその頃はやった唄

鈴木悦夫

不気味な唄の歌詞とともに、次々と家族が死んでゆく……刊行以来、全国の少年少女に衝撃を与えてきた伝説のジュヴナイル・ミステリ長篇。〈解説〉松井和翠

●990円

散華（上・下）
紫式部の生涯

杉本苑子

藤原氏の一門ながら無欲恬淡な漢学者の娘として生まれ、永遠の名作『源氏物語』を紡ぎ出していった一人の女性の生の軌跡をたどる歴史大作。〈解説〉山本淳子

●上1540円/下1430円

喫茶店文学傑作選

林　哲夫 編

文庫オリジナル

多くの作家、芸術家を魅了し、作品の舞台、創作の淵源、そして彼らの交友の拠点となった「喫茶店」。短篇小説、エッセイなど28篇から、その真髄に触れる。

●990円

芸談 談志百選

立川談志　山藤章二 画

文楽、志ん生からビートたけし、ダウンタウン、爆笑問題……談志がその「芸人根性」を認めた百人を語る。山藤章二画伯の似顔絵も必見。〈解説〉立川志の輔

●1430円

決定版 ゲゲゲの鬼太郎9
妖怪王将戦・こそこそ岩

水木しげる

村人を酷使する将棋の駒の一団。地上を支配するため魔物を眠りから呼びさまそうとする妖怪。敵の企みを阻止するべく鬼太郎の死闘が始まる！　全13話を収録。

●924円

い、現地採用の下役人の吏たちの立場は弱い。それでなくとも不満だらけの境遇に加えての余計な仕事だから、楽しいわけもない。

そんなわけで、吏たちの気苦労と不満のうちに、都・開封から巡察使がやってきた。とはいっても、身分の低い吏はそろって出迎えるようなことはない。知事や役人たちの下についている者たちが上司のお供というかたちで新来の客を出迎えたわけだが、噂が官衙の隅々にまで広がるのには、その日の夕暮れまでかからなかった。

「なにやら、頼りなさそうなお人だそうな」

「頼りないというか、足りなさそうな？」

「せっかくの威儀を正した官服がしわだらけだとか」

「官衙の門の階段を上る時に蹴つまずいて転びそうになったとか。たった二、三段のあの階段でだぜ」

「知事をはじめ、お歴々の話をほとんど聞いていなかったそうな。生返事でとんちんかんな受け答えをしたもので、さすがに開封からついてきた供回りや幕僚たちが後からあわてて、謝ってまわっていたんだそうな」

「本当に都の偉いお役人なのかいな？」

「それが、なんでも二十代で科挙に受かった俊才なんだそうな。帝が、わざわざ名指しでここに差し向けられたという噂なんだが」

「と、いうことは、とりあえずこのあたりの風評は都に届いているということかね？」

「さあ、どうだろう。噂を聞いているかぎりじゃ、あまりまともにとり扱ってはもらってないような気もするが」

「なんとかならぬものかねぇ」

「所詮、都の雲上人にとっては、こんな田舎のことなど虫けらみたいなものかのう」

口さがない噂話にしては、深刻な顔つきで語りあった彼らだが、数日後にはもっとその額に深い皺がきざまれることになった。

「はてさて、笑っていいものやら悪いものやら」

「笑い事ですませられれば、どんなによかろう」

「いったい何をやらかしたんだ、お偉い都のお役人とやらは」

「それがなあ」

官衙では連日、接待の宴が続いている。それが二、三日を越したところで気分転換にと郊外の名所旧跡見物にでかけた。もちろん、吏たちの周到な手配があっての遊興だ。轎や馬の手配、道の整備や清掃も当然、この手配のうちにはいる。場所によっては道や橋が壊れて通行できなくなっている場合もあって、その日にあわせて人を集め懸命に修復工事をさせもした。道中の食事の用意、休憩に沿道の名家や豪農の家を使えるように頼んでおくのも仕事のうち。こちらもなかなかやっかいな仕事で、そういう面倒をいや

がる家もあれば、

「そういうことを某家に頼むとは何事か、この地では遥かに古い名家の我が家をさしおいて」

「いや、我が家の方が資産も上、代々就いてきた役職も上。是非、我が家に」

と、要するに、この機に権力者とのつながりの糸を太くしておこうという思惑の争いに巻きこまれ、調整に難儀したという場合もあった。

それで、結局、先を急ぐ、時間がないという理由で立ち寄らずに日程が終わってしまったなどということがあれば、「我が家の面子をつぶしたな」と怒鳴りこまれるのも吏たちというわけだ。

そうやって苦労して手配した行き先の名所旧跡の中に古刹があった。とはいってもあるのは近年再建された堂宇で、由緒だけはあってもみるべきものはあまりない。名筆をそのまま刻んだ石碑が昔、立っていたというが、それも今は失われてしまっている。

それを、接待にあたった役人たちが、

「それはそれはすばらしいものでございましたが」

と、自慢した末に、

「残念ながら、このあたり一帯を荒らしてまわる盗賊の一団に寺が焼かれまして。その時に、破壊されましてございます」

言い訳ともなんともつかない説明をしたのだそうな。

巡察使はそれを素直に鵜吞みにしたのか、

「盗賊とはおだやかではないですね。そんな凶悪な者どもを手をつかねて野放しにしておく法はないでしょう。すぐに捕手を派遣して禍根を断つべきです」

大真面目な顔でいったそうな。

役人たちは困惑顔を見合わせて、

「いえ、その実は」

「実は、なんでしょうか？」

役人たちが多少、人の悪い笑みを浮かべていたのは仕方あるまい。巡察使の生真面目で、どこか焦点のずれた正義感が滑稽に見えたのは確かだろう。

「実は、その盗賊は、姓を黄、名を巣と申しまして」

失笑に近いさざめきが随行の人々の間にひろがった。

黄巣といえば唐代の末期に蜂起した農民反乱の首領の名である。宋の御代になってすでに四代目の帝のこの時代からみれば、ざっと数えて百五十年近くも以前の話。捕らえるもなにも、すでに乱は収束し、黄巣もその手下どももこの世のどこにもいるはずがない。それを、むきになって「すぐに捕らえろ」とはとんだ勘違いだ。

だが、巡察使は大真面目だった。

「だからなんです？」

「ですから、その盗賊の名を黄巣と申しまして……」

「名まで判明しているのに、放置しているのですか？　それは民の上に立つ者としては、いかがなものでしょう」

「いえ、包大人、ですからその」

あまりのことに役人たちが反論もままならなくなっている間に、

「まあ、こういうことは知事どののご指示を仰がねば動きがとれぬとは思います。さっそく戻って、相談いたしましょう」

先方から話を切り上げてしまったという。

その後はといえば、特に役人たちの接待の手順の揚げ足をとることもなく、宴席などにも機嫌よく顔を見せたという。もっとも、ひととおり酒や食事が回ると、

「あまり酒に強くないもので」

と、さっさと引き上げてしまったそうなのだが。

「大丈夫か？」

「なんでも、妓楼での接待の方は当然のように受けたとかいう話だがなあ」

「この府内の妓楼にもすでに案内されて、何日も泊まっていったという話も。馴染みの妓女がついているとかなんとか」

「本当に本当に、そんな俊才なのかの？」

「まあ、どんなお偉方でも色の道は別ともいう。正邪の判断がきちんとしておれば、女のひとりやふたりはかまわんが」

「いくら学問一筋とはいえ、黄巣の名ぐらいは知っておいでだろうに。いや、それ以前に接待を嬉々として受けているようでは」

「これは、期待はできぬかのう」

「人は良さそうな印象なんだがなあ」

「ああも間がぬけていては、下手に上訴しても知事さま以下に丸めこまれてしまうか、出しぬかれるか」

「下手をすれば、こちらにまで危害が及ぶ。楊少爺（ようしょうや）のことどころではなくなってしまうぞ」

「さて、どうしたらよいものか」

吏たちが頭を抱えた翌日、さらに彼らは困惑の顔を見合わせることになる。

出先から府の官衙に戻ってくるなり、件（くだん）の巡察使は知事に盗賊の手配と探索の強化を迫ったのだった。

「まさか」

「本気だったのか」

「本気で黄巣を探すつもりか」

「……お言葉ではありますが、ですが、包どの」

知事の困惑は吏たちよりももっと深かった。

一連の出来事の報告は聞いている。聞いているというよりは、供をしていった部下の役人や自らの幕僚たちから笑い話として聞かされた。彼らと一緒になって、間抜けな巡察使を笑いものにすらした手前、この白面郎（はくめんろう）に対してはひそかな負い目があった。

「まさか、無理とおっしゃる？」

三十代のはずだが、あごにたくわえた髭があってもその年齢には見えない童顔を振り向けて、包という名のその巡察使は訊（たず）ねた。むしろ念を押したといった方がいいかもしれない。

ただし、髭が付け髭に見えかねない容貌では迫力に欠けてはいたが。

「いや、無理とは申しませんが。ですが、何の意味があるのかぐらいは伺いたいのじゃが」

包、名を拯（じょう）、字（あざな）を希仁（きじん）とやらいうこの巡察使は、知事よりははるかに年少で科挙の合格年からいっても後輩にあたる。とはいえ、現在の身分や地位としては若い包希仁の方が上でどうしても下手に出なければならない。包希仁の方はさして気にかけておらず、物腰も丁寧で、特に役目や身分を鼻にかけて威張る気配もないのだが、それでも癪にさわることはたしかだ。むっとした内心が、言葉尻やふとした態度の端々に出てしまうのは仕方がない。

「意味を知らなければできないことですか？」

知事のいらだちを知ってか知らずか、のんびりと訊きかえす。それがまた、知事の感情を逆撫でする。

「可能なことなら、すべて無駄というわけではないでしょう。黄巣を捕らえればそれだけ民人の憂いも減るというもの。そうだ、ついでに今、府の牢内にいる者も皆、ひとおり改めておきましょう」

「ろ、牢、ですか？」

「はい、今、捕らえている者の身元や罪状もきちんと確認しておきましょう」

「我々が裁いた事件になにかご不審でもお持ちで？」

「いやいや、そんなわけは」

にこにこと包希仁は否定する。

否定はするが、譲歩はする気配がない。

「しかし……しかし、今の府の牢には微罪の者しかおりません。わざわざまた調べなおすこともないかと……」

「実は、以前、私も遠方の知事を拝命していたことがありましてね。その時、ある者が素封家に押し入って当主を殺し金を奪って逃げるという事件が起きまして。もちろん、捕吏を総動員して行方を捜したのですがなかなか見つからない。それどころか、どうも遠方に逃亡した気配もない。妙なことだと思っていたのですが、たまたま、数日後に官衙の仮牢で流行り病が発生するという事態に。で、病人の手当に人を差し向けたところ……」

要するに、大罪を犯した者が、追及を逃れるためにわざと微罪で捕らえられて潜伏していたというのだ。官衙は手薄だし、知事をはじめ関係の役人たちはみんな遠方へ逃亡されることを恐れて身近な場所には目を向けない。あのまま、病が流行らなかったら探索が打ち切られた頃には微罪の刑期も終わり、まんまと逃亡されていただろう。

「天網恢々とはよく言ったものです」

「それと同じ事が、この地でも起きていると申されるか」

「起きてないとも申せますまい。絶対、ということはないのですから。まあ、私としては」

と、ここで軽いあくびが出るのがなんとも場違いだ。

「都に戻る時に納得のいく報告ができれば、それでよろしいのですが」

「しかし……」

「それほど時間はかからないと思いますが。ああ、そうだ、もしも手が足りないのであれば私も手伝いましょうか」

「あ、いえそれは恐れおおい……」

「いえ、手伝います。そもそも私が言い出したことですし、調べ物には慣れています
し」

「しかし、本来のお役目とは違う仕事をしてもらうわけには……」

「かまいませんよ。お気づかいは無用に。いろいろとよくしていただいたことですし。

そのかわり、盗賊の手配の方はお願いいたします。牢内の改めの方は、そうですね、事情に通じた下役の者をひとりかふたりほど貸していただければ、後は私の供の者にやらせますので」

「しかし……、ですが、そんなに急に……」

「なにか、不都合なことでも?」

にっこりといわれては知事としてもそれ以上拒むことはできなかった。拒み通せば心証を悪くし、ひいては都への報告の点数も下がることがわかっていたからだ。この青二才の意図が奈辺にあるかは量りがたいが、かといって己の将来を危うくする気もなかったのだ。

しかも、この春風駘蕩(しゅんぷうたいとう)を絵に描いたような包希仁が、翌日の早朝からさっそく行動に起こすとは予測がつかなかった。

官衙の裏手の公邸で寝んでいたところを、

「知事！　知事！　早くおでましを！　包どのはすでに牢内に入っておられますぞ！」

叩き起こされ、衣服を整えるのもそこそこに寝ぼけまなこで駆けつけた知事が見たものは、とある牢の前で座りこんでなにやら話しこむ包希仁の姿だった。

「な、何をいったい……」

書生が着るような粗末な麻の長衫をまとい、泥だらけの床に膝をつかんばかりの前のめりな姿勢でさかんに肯いている。周囲の人間はといえば、府の役人たちは一様におろおろとうろたえ、周囲を見回したり包希仁に話しかけたりと落ち着かない。巡察使の幕僚とおぼしき二人ほどはと見れば、やれやれといった表情である。

「ほ、包どの、な、何をいったい……」

なさっておいでですか、という言葉は、包希仁の手ぶりで制された。

「とにかく、そこから出てきてくれませんか」

と呼びかけたのは、牢の中の人間に対してだ。しかも、牢の入り口の錠ははずされ小さな扉は開け放たれている。

「包どの、その者は……！」

知事の慌て方は尋常ではなかった。

「その者は重罪人、しかもまだ判決が降りておらぬ者。そんな者に、出てこいとはいったい何を！」

「おや、牢内には微罪の者しかいないはずでは」

「いやそれは……。ともかく、何をなさりたいので」

「なに、ただ話を聞いてみたいだけですよ」

「話ならば、事件の書類をお読みになればよろしいことです。今すぐ、持ってこさせますから」

「直接、この人の口から聞きたいのですよ。別に今すぐ解き放てとは申しておりません。ただ、ゆっくり話が聞きたいだけです。どこか、落ち着いて話せる、静かで清潔な場所があれば用意してくださいませんか。ああ、それから……」

そこで初めて知事の方に目を向けて、

「事件に関する書類にはひととおり目を通しておりますので、改めてお持ちいただく必要はありませんよ」

「い、いつの間に？」

一瞬、知事がめんくらって言葉を失う暇に、

「楊宗之(ようそうし)どので間違いないと思いますが」

牢の隅に脚を組んで壁を見つめたまま、微動だにしない人影に呼びかけた。

「とにかく、余人を交えずにゆっくりと話を聞きたいだけなのです。そこからなんとか

出てきてもらえないものでしょうか」

「……人違いです」

包希仁のおだやかな説得に、低く戻ってきたのは意外な返答だった。

「人違いです。私はそんな者ではありません」

低くふりしぼるような、そして不信に凝り固まったような声だった。

「と、申していますが？」

包希仁の視線は知事の方に振り向けられる。

「だとしたら、府の書類が間違っているか、それとも人違いで別人を捕らえていることになりますが」

「と、とんでもない。この者はたしかに楊統、字を宗之という者。良家に金品目当てに忍びこんで、その家の令嬢を汚した憎むべきならず者じゃ！」

この土地には古くから続く名家で楊という家があった。昔はそれなりに栄えていたが、宋の御代になる直前の争乱の時代に財産の大部分を失い、またその頃から代々の当主の早世が続いたこともあり、すっかり衰退していた。一帯の土地財産はすでになく、親類縁者も大半は離散して、問題の事件が起きた時に広いだけの古い屋敷に住んでいたのは若い当主である楊宗之と老僕ひとりだけだったという。

宗之は幼いころから文武両道、多少、武の方を得意にしていたものの、学問の方も申し分ない出来で、わずかに残った楊家の縁者たちの期待を一身に担っていたという。彼らとしては、宗之が科挙を受けて立身出世し、楊家を再興してくれることを望んでいたのだろう。だが、宗之の父親が、宗之が十歳の時に没した後、動産のほとんどをかすめとっていったのもその縁者たちだった。

宗之は忠実な老僕の世話でなんとか成長したものの、当然のことながら十分な学問ができる環境ではなくなり、また生来の気性もあって次第に土地の無頼やらとのつきあいをはじめていった。当初は武芸を学ぶという理由だったが、博奕だの遊びに手を染めるのは時間の問題だった。派手に遊んでいた時期もあったという。

ただ、楊家の広い屋敷にそういった手合いを入れることがなかったのは、代々楊家に仕えてきた老僕ががんとして許さなかったためで、育ての親ともいうべきこの老僕の抵抗にはさすがの宗之も逆らえなかったらしい。

老僕はさらにいろいろと諫言し続けていたのだが、さすがに二十歳を越え武芸の腕も近在に並ぶ者がないほどに上達したとなると、そうそう小言も効き目がなくなり、最近は手がつけられない状態だったという。この先、どうなることかと老僕が思い悩んでいる矢先に事件が起きた。

この土地には楊家の他に王家という素封家があった。歴史からいえば楊家の比ではないが、それでも過去に一族のうちから何人か挙人（科挙の合格者）を出し、また分家も多く、一族あげて手広く商売を営み栄えていた。

　その当主の弟には一人娘があり、長じるにつれ美人との評判がたっていた。とはいえ、それほどの大家の娘である。実際に顔を見た者は、親兄弟の他には奥むきに仕える使用人ぐらいなものだ。ただ、高嶺の花という価値が噂に拍車をかけていたのは否めない。

　この時代の良家の子女としては娘の名も公になるはずもなかったが、刺繡や縫い物が得意という噂もあったところからいつしか「綵娘」という字がついていた。

　その王家の当主の弟の屋敷に盗賊の一団が押しこんだのは、二月ほど以前の話だ。幸いというべきか、早めに使用人が気がついて騒いだせいで家人の生命に危害は及ばず、奪われたものも現金や貴金属程度だった。盗賊どもの方も手慣れていて、形勢危うしと見たとたんちりぢりに逃げ出したために誰ひとり捕まえられず逃がしてしまったのだが、数日後、意外な話が浮かび上がった。

　曰く、例の王家の綵娘が屋敷の奥まで押しこんできた盗賊のひとりに目をつけられ、乱暴されたというのだ。しかも、綵娘みずからがそれを親に訴えた上で、相手が楊家の宗之だと告げたのだという。

　親たちは驚くと同時に迷ったらしい。

　こんなことが表沙汰になれば自慢の娘の名にも王家の体面にも傷がつく。娘の良縁は望むべくもなくなるだろう。とはいえ、黙っていてもどこからか漏れることもある、隠していてかえって事実よりもひどい噂になる場合もある。

一応、本家には相談した上で覚悟を決めて出された訴えに、地方の役所が逆らう道理がない。それとばかりに楊家を急襲し、ひとりでいた楊宗之をとらえて官衙の牢にほうりこんだまではよかった。

だが、楊宗之はがんとして罪を認めなかった。

「盗賊にはいった憶えはない。まして、家人に手をだしたこともない」

あいにく、その夜は所用で老僕が不在で、楊宗之の行動を証言する者はいなかった。もっとも、老僕がいたとしても楊家に長年仕えてきた者の話は信用されなかっただろうが。

焦れた知事らはさんざん宗之を責め立てたらしいが、なんとしても自白がとれない。では、王家から証言か証拠をとってと思ったところが、綵娘以外には楊宗之の姿を見たという者がひとりもいないことがわかった。もちろん、物証はなにひとつない。自白や証拠をでっちあげて処理してしまうことは可能だが、衰えたとはいえ名家のひとつだった楊家には、何代かにわたってつきあいのあった高官もいた。

不遇ではあったが宗之の父親が、名士と行き来していたことを憶えている者も何人かおり、その名士が万一、宗之の身の上に興味をもった場合、文句をつけてくる可能性もある。できれば証拠か証言がほしかった。

そんな風に事態が頓挫していた時だった。王家から「綵娘が官衙へ出向いて、直接、下手人と対面して顔を確かめてもいいと言っている」との申し出があったのだ。

知事らは喜ぶのと同時に困惑した。

証言がとれるのはありがたい。本当にありがたい。だが、仮にも王家の令嬢を人目のあるところに出すのはいかがなものか。しかも、事件の内容が内容だけに令嬢が噂や好奇心の的になることは必定。もちろん、それが下世話な話になることも明白である。王家の方は申し出てきたのだから当然、そのあたりもふくめてすべて納得ずくではあるのだろうが、だからといってのちのち、手のひらを返さないという保証はどこにもない。

そもそも、そこまでして楊宗之を追い詰める必要はどこにもないのだ。

たしかに古くからの名門としての楊家は目障りかもしれないが、今は金も権力もなく実害はまったくといっていいほどない。評判の娘を傷物にされたという恨み、恥をかかされたという悔しさはあるとしても、それで娘を衆人の目にさらせばもっと傷がつく。確かに金銭や貴金属も奪われているが、王家の身代にすればほんのわずかで、娘ひとりを犠牲にしてまで取り戻す必要があるとも思えない。

王家の意図が知れない以上、知事としてもうかつにはいそうですかと申し出に飛びつくわけにはいかなかった。

何度か王家と官衙の間を使者が往復し、微妙な腹の探り合いをした結果、楊宗之の顔を改める時に立ち会う人数を極力少なくすることや、轎を使っての官衙への出入りは細心の注意をはらって目立たなくすること、官衙内も歩障（ほしょう）という布の幕を侍女たちに持たせて姿を隠すことなど、細々としたことを取り決めて当日に臨んだ。

結果、

「この男です、まちがいございません」

と、いうことになって容疑は固まったのだが、その日から楊宗之がひとことも口をきかなくなってしまった。

もともと口数の多い方でもなかったが、それでも異議の申し立てや反論をしていたのが、ぴたりと口をとざし牢内で座りこみ壁をにらみつけ続けるようになった。

綵娘を見た一瞬、かすかに動揺の色を見せたと知事は断言する。

「たしかに顔色を変えたのです。まちがいありません。罪を認めたからこその動揺でしょう」

楊宗之を牢外に出そうとした包巡察使に、知事は力説した。

宗之の方も、そのやりとりが耳にはいっているのかいないのか、壁の方を向いたまま微動だにしない。

「しかし、本人が恐れ入りましたと言ったわけでもないのですし、それだけで盗賊の一味と決めつけるのは早計すぎませんか」

「証言がちゃんとあるのですぞ。か弱い身でしかも良家の娘には耐え難い屈辱を忍んでわざわざ憎んでも憎み足りぬ極悪人の顔を確かめにきてくれたのです。その娘御の言葉を信じられぬと仰せですか。そもそも、この一件は当地のしかるべき者が手がけ、こちらで裁くべきもの。失礼ではありますが、貴殿には関係がないのでは」

「それはまあ、そうですが。でも、盗まれたものも戻ってきていないわけですし、他の盗賊たちはまだ野放しになっている状態ですし。その者たちが他の土地で捕らえられたりしたら、こちらの汚点にはなりませんか」

「そ、それは……」

たしかに、そんなことになったら、自分たちの面子がつぶれることにはなるだろう。だからといって……。

「一日も早く盗賊の一味を一網打尽にして人心を安んじることは、知事どのの責務。それをお助けするのに権限がどうの縄張りがどうのというのはいかがなものかと。それと、もうひとつ疑問があるのですが」

「なんでしょう」

「その王家の娘御とやらは、ほんとうに王綵娘だったのでしょうか」

「……は？」

周囲の人々はみな、凍りついたようになった。この人はいったい何を言っているのだという表情が、全員の顔にはりついていた。かたくなに背を向けている楊宗之の頭ですら、かすかに動いたように見えた。

この中で唯一落ち着き払っているのは、当の発言者本人のみだった。

「……な、何をおっしゃっているのか、よくわからないのですが、いや、わかることはわかります、言葉はわかりますが意味がわかりかねます。あれが王家の娘御でなければ、いったいだれだと」

「王家の娘だという証拠をお持ちですか？　どなたか、以前に件の娘御と顔を合わせたことがある方はおいでですか？」

にこにこと、そしておっとりとした顔でとんでもないことをさらりと言う。

「もちろん……！」

と、勢いこんで肯定しかけて、そういえば、と思い当たったのか知事の声が詰まった。あわてて側近や下役たちの顔を見回すが、そこには自分と同様の表情しか見つからない。

「いやしかし、王家から申し出てきて、王家の轎で、王家の者がついてきたのですから……」

「つまり、王家の言葉しかありませんね。被害云々もすべて王家が主張しているだけで、第三者の証言はないわけですが」

「で、ですが……仮に、仮にですぞ、いままでの王家の訴えが虚偽のものとして、いったい王家になんの得があるとおっしゃるので。娘の恥を満天下にさらしただけではありませぬか」

「さあ、それはあちらにも事情があるのでしょう。もしかして、そのあたりをご存じなのではありませんか、楊どのは」

おだやかな、含み笑いがこもった声音にはじめて楊宗之の肩が揺れた。

「とにかく、一度、出て来て話を聞かせてください。どうしても出て来たくないと言われるなら、私が中に入ってもいいですが」

「ほ、包どの、それは……」

ひょっとして、今まで自分たちは騙(だま)されてきたのではなかろうか、と、ようやく知事たちは感じ始めていた。

少なくとも、このものやわらかでどこか上の空でおだやかな人物が、いったん言い出したらなかなか引かないことはわかってきた。法を盾にとってがんと突き放してもいいことなのだが、ここまでの論理を聞くに、妙に納得させられるものがある。確かに自分たちの失態や不手際を指摘されるのは気にくわないが、意地をはってこのまま押し通したらなにかとんでもない事態になりそうな気がしてきたのだ。

「わかりました」

知事が決断した。

「楊宗之を牢から出せ。抵抗するなら引きずりだせ」

「あ、無理強いはいけません」

と、包希仁はのんびりと制止する。

「私が入りますから、その後から錠をおろしておいてください。それならば、なにかあっても知事どのの責任にはならないでしょう」

「そういうわけには」

「かまいませんよ、人払いだけしていただければ」

「しかし……」

万一、巡察使を牢にほうりこんだなどという噂がたって、謀反を疑われたりしたらどうすればいいのだ。人の噂というものがどれぐらい奇妙にねじ曲がるものか、ある程度は知事も承知していた。

「そんなわけで、いろいろあちらこちらに支障があるようなので、君に外に出てきてもらった方が事が丸く収まるようですよ」

あいかわらず、のんびりと呼びかける。

「もう一度いいます。楊宗之、出てきなさい」

ゆっくりと頭が動いた。

伸び放題の髪と髭の間から、鋭い敵意と皮肉とすがりつくようなまなざしがのぞいた。

湯を使い髭を刈りこみ質素だがこざっぱりした衣服をまとって再び姿を現した青年に、やわらかな笑顔がむけられた。

「気分はいかがですか」

官衙の裏手にしつらえられた知事の公邸には、広い園林があり池があった。節句ごとに宴席をもうけるために、池の中の築山に小さな東屋が建てられている。調度はなく柱と屋根はあっても窓はなく、周囲から人の目をさえぎるものもないが、敢えて包希仁はその東屋を指定した。陸と東屋を結ぶのは一本の細い長い架け橋のみ。池自体はそれほど深くはないが、水草が生い茂っていて身軽に動くことはできない。そもそも役宅は高い塀で囲まれていて、梯子(はしご)でもないかぎり簡単には越えられない。

東屋への橋のたもとにひとり、園林に出入りするための小さな門に数人ずつ衛兵を立てさせたが、東屋の中には包希仁の白い麻の長衫しか見えなかった。

「久々に酒でも、と言いたいところですが、こういう場ですのでこれで我慢をしてください」

と、示した卓の上には茶器が並んでいた。

「いえ」

と、若い顔が困惑の表情をうかべながらかぶりをふる。

「このような扱いを受けるだけでも望外です。ですが、自分は盗賊のひとりとして捕らえられている身です。こんな横紙やぶりをやってのけて、貴殿のお立場が悪くはなりませんか」

「まあ、多少は強引でしたかね」

茶碗に口をつけながら、包希仁は軽く笑った。

「でも、私と茶飲み話をしてもらうだけのことですし。あまり君が頑固なので最後の手段を出しましたが、私が牢内に入るわけにもいきませんし」

「あれは脅しのつもりだったのですか」

「人聞きの悪いことを言いますね。ちょっと立場を利用しただけですよ」

にこにこと悪気のなさそうな顔で言われると、そういうものかとつい思いそうになる。人がよさそうに見えるが油断できない、これはひょっとして何かの罠かも、と身構えたところに、

「それに、ちゃんと最後に君の無実を証明できれば、それほどのお咎めはないでしょう」

突然、核心に切りこまれて楊宗之はうろたえた。

「無実だと、信じていただけるのですか」

「信じるというか、何もやっていないのだろうなと思っていますよ」

　また、ふわりと笑う。

「……ですが、なぜ？　今まで、何度、誰に訴えても信じてもらえなかったことを、今日、初対面の見ず知らずの貴殿が……」

「見ず知らずですが、君の話は聞いてきました。孫懐徳（そんかいとく）という人の名に聞き覚えは？」

「……たしか、亡父の若い頃の知人にそのような名があったかと思いますが。しかし、一度も会ったこともないし、どこの人かも知りません」

「かつて、広東（かんとん）へ出向いていたことがありましてね」

　のんびりと茶をすすりながら、何かを思い出すようなまなざしをする。

「その時の土地の下役でした。実直で仕事ができるので、いろいろ世話になりました。ああいう地方は言葉も通じないことが多い上に、風習がちがったり以前からの慣習があったりしがらみがあったり、まあ、それはこの土地も同じことのようですが」

「そんな遠くの人がどうして……」

「縁といいますか、私が任地を離れてからもあれこれ書簡のやりとりなどしていましたから。孫どのは孫どので、昔、科挙を受けた時に知り合った友人たちとは今でもつながりがあるそうで。そういう仲間同士の噂から、君の話を聞いたとか。ちょうど私がこちらの巡察をすることになったのを知って、ことのついでに真実を調べてもらえまいかと言ってよこしたのですよ」

そこで包希仁は、茶碗をもった手を膝の上においで、つくづくと楊宗之の姿を見回した。

「君の父君は、不遇な上に若くして亡くなられたそうですが、立派な人物だったとか」

「不肖の子だとおっしゃりたいのですか」

宗之の目つきが尖るのを、包希仁はおもしろそうに見た。

「父君は父君、君は君でしょう。楊家を再興しようがここで終わりにしようが、それは君の判断です。それについてはとやかく言う気はありませんよ。ただ、私も古い友人の頼みを放置できないだけのことですから」

楊宗之は憮然とした顔つきになった。

遠回しだが、別におまえを助けにきたわけではない、と言われたわけだから無理もない。

「おせっかいな方だ」

「そうかもしれませんね。でも、私としては役目のついででしたし、孫どのの頼みも、あくまで真実が知りたいということでしたから、ほんとうに君が罪を犯しているならば何もしなければいいこと。なんの面倒もないわけです」

「では、なぜ……」

「無実と思ったか、ですか？　簡単です。君が口をつぐんでしまったからですよ」

　困惑の表情がまた青年の顔に浮かぶのを、包希仁は楽しそうにみやった。

「牢内での知事どのとの会話は、聞いておられましたね。聞いていたから、私に話す気になったのではありませんか」

「どこまでご存知なのですか？」

「王綵娘の件なら、何も知りませんよ。すべて私の推測、いや憶測です。ただ、官衙に来た娘が本当に王家の娘で君が無実なら、こんな女は知らない会ったこともないと言えばいいこと。無駄だとは知りつつ、今までは無実を訴えていたのだから。逆に君がほんとうに良家の娘を汚した憎むべき盗賊なら、ここまではっきりした証言があれば恐れ入りましたと罪を認めるでしょう。否定しても無駄なのだから。ただ、君はどちらもせずに口をつぐんでしまった。これは、王綵娘とやらについて口に出せない事情があったからだと思いました。ここまで、なにか間違っていますか？」

「……いえ」

「そもそも、王家の対応が納得できませんでした。盗賊の被害を申告するのはともかく、娘の恥まで言いたてるのは妙です。また、傷ついた娘を、いくら本人が申し出たからといって、大勢の男どもの目にさらされかねない場所に出してくるのはおかしいでしょう。まして、相手は娘を傷つけた相手です。ふつうなら、頼まれても脅されても嫌だと言うのが自然です。そう考えていて思いついたのが、王綵娘が偽者だったら？　という可能性でした。幸い、娘の顔を見知っているのは家人の中ですら数が限られる。だれか替え玉をたてこいつが犯人だと証言すれば、君を罪におとしいれられる。君さえ罪人にしてしまえば、土地の名家の楊家を取りつぶしてしまうことができる……」

　ここでふと我にかえって、

「いや、取りつぶし云々というのは、私の妄想ですね。王家の真意は私にも量りかねているので、この点は忘れてください」

　と訂正した。

「君が口をつぐんだ、ということは、顔を確かめにきた娘御の顔を見てしまった。そして、その娘御を見知っていた、ということではありませんか？　自分が、この女は偽者だ、どこのだれだといってしまうとその娘御が名を偽り誣告をしたということで罪に問われるだろう。それなりの報酬が王家から出るだろうに、それがふいになるどころか、下手をすれば王家から迫害をうけるかもしれない。それが気の毒で口をつぐんだ。そう、私は考えました」

「……ではありません」

　低く、楊宗之がつぶやいた。

「べつに、女をかばったわけではありません」

「ですが、結果として君は自身の身をあやうくしてしまった」

包希仁の目がなごんだ。

「知り合いでしたから……ごく幼いころの」

「幼馴染みですか。ご縁者ですか？　それとも親御が定めておかれた許婚（いいなずけ）とか」

結婚は家の釣り合いを見て親同士で決めるもの、子供のころからの婚約どころか、生まれてもいないうちから約束を取り交わすこともめずらしくはない。先代が存命中の楊家なら、その家柄で縁組みを望む者もいただろう。

「いえ、さすがにそこまでは。もう少し長く父が生きていたらそういう話になったかもしれませんが。そうこうしているうちに、あちらも不幸続きで零落してしまいましたから」

「それで妓女になったのですか」

「そこまでご存じでしたか。いったい、どこまで調べられたのです」

「だから、すべて憶測だといったでしょう。簡単に説明しましょうか？」

「できれば」

「まず、いろいろ配慮があるとはいえ、良家の娘を人目にさらしかねない場所に出す、それも娘の方からの申し出、というのが納得できませんでした。それで、これは身代わりでもたてたか、と想像しました」

ここで一息いれて、

「ただ、身代わりといっても誰でもいいというわけではない。侍女あたりが一番てっとり早いですが、これは、王家に出入りする人間にすぐに見破られる危険がある。かかわりのなさそうな庶民の娘を金で雇うという手もありますが、挙措(きょそ)や受け答えの言葉づかいが問題になりますし、これまた万一、ここで姿を見られたら終わりです」

人目を気にしないような家の娘は、どうしてもふだんから外で立ち働いているから手足に日焼けがあるし、立ち居振る舞い、受け答えひとつとっても違いすぎる。付け焼き刃の小細工は難しいし、時間もあまりない状況だ。

「となると、残る選択肢はそう多くない。金で雇えてそれなりの教養を身につけていて、受け答えもそつなくできる。万一、容姿を見られても不審がられないほどに上品、となると、妓女ぐらいしか思いつきません。妓女なら金銭(かね)で落籍(らくせき)するなり遠方へ売るなりしてしまえば、人目からも隠せるし後腐れもない。そう思って、調べてみました、この府内やら視察先やらでできるだけ」

「では、あの噂は……」

牢内にいて無言を貫いてはいても、下役人の愚痴や噂はいやでも耳にはいってくる。都から来た巡察使が妓楼通いをしているという話も聞くともなしに聞いていたから、包希仁が牢内に来た時も相手にしなかったのだ。

「物事をよく知っている妓女ほど口が堅いですからね。仲間うちの消息など、一見の客にはそう簡単には話してくれません。不審に思われないよう、巡察使が妙なことを調べていると噂にならないよう、大変でした」

珍しく苦笑いが包希仁の表情に浮かびあがった。

「とにかく、最近、ひとり、消息が不明な妓女がいることがわかりました。だれかに落籍されたとかどこぞの遠方の街へ移されたとか、諸説紛々で……」

そこまで言ってから、楊宗之の顔を見て、

「安心していいと思いますよ。なにか身に起きていれば、妓女たちの噂に上っていると思います。そういう点では、身内のつながりは強い方々ですから。少なくとも何事かあったという話は聞きませんでしたからさしせまっての危険はないでしょう。もちろん、君が口をつぐみ通したことも大きかったと思います」

「いや、そういう意味では……」

「でも、心配していたのでしょう？」

「本当に……」

しばしの絶句の後に、ようやく楊宗之は声を絞り出した。

「本当に、参りました。なぜ、そこまでおわかりになるのです。なぜ……」

「なに、あれこれと想像めぐらすのが好きなだけですよ。では、私の妄想もまんざらではなかったということですね」

　にこにこと笑うと、年齢（とし）より数歳は若く見えた。

　笑いながら、また茶碗を持ち上げて茶をすする。

「せっかく淹れてもらったものです、飲みませんか」

「は、はい」

　巡察使に出すほどのものだから上等の茶だったが、さすがに緑色の液体はすっかり冷めていた。

「さて、話を整理しましょう。君が罪を犯していないと仮定して……」

　また、楊宗之の表情を見て笑う。

「やっぱり信じてくれないのか、という顔ですね。気を悪くしないでもらいたいのですが、何事も、頭から信じこんで考えたり動いたりするのは禁物だと思うので。別の考え方がないものか、なにか見落としていたり気がつかなかったり思い違いをしたりしているのではないかと、常に顧（かえり）みることが肝要だと思うのですよ」

　疑われている、と感じるのは不愉快だが、なるほど、それならば納得はできる。

　なにより、それをものやわらかな言葉で、しかし明快に説明する包希仁に対しての信頼がまた増した。牢内の噂では笑いものにされ呆（あき）れられたり、心配までされていたこの巡察使は、とんでもない切れ者だ。うっかりあなどって敵に回すと、どんな報復があるかわからない。

そんな楊宗之の変化をおもしろそうに見ながら、包希仁は言葉を続けた。

「仮に、君が盗賊でもなければ盗賊の一味でもない、とします。とすれば、本物の盗賊が別にいるはずです。君の無実を証明したいなら、その本物の盗賊を捕らえるのが一番早くて誰もが納得できる方法だと思います」

「それはそうですが……」

王家の主張と府の役人の怠慢と思いこみの結果とはいえ、一応、捜索はしていながら賊の手がかりひとつつかめていない。せいぜい、逃げた方向を特定しただけだ。その方角に楊家の屋敷があったのが、王家の主張を裏書きしたと役人たちは断定した。

しかし、

「本当に君が盗賊の一味だったら、まっすぐねぐらに逃げ帰るような真似はしないと思いますよ」

あっさりと包希仁は笑いとばした。

「それだけ、役人が無能だったということですがね。あ、これは聴かなかったことにしてください」

周囲を見回し、視界の中には橋のたもとのひとりしかいないことを確認する。見張りはついているのだが、池の中に浮かぶ小島の上の東屋からの逃げ道は限られているため門の外にいるらしい。

水の上は意外に声が通っていくものだが、さいわい風もなく、この程度の声ならおそらくほとんど聞き取れるまい。

「まあ、そのあたりは一任していただきましょうか。こういうことは、地方の知事を拝命していた時には日常茶飯でしたから」

その日常茶飯が盗賊の追捕のことをさすのか、それとも役人の無能のことを意味するのかは今ひとつ判然としなかったが、楊宗之はとりあえず聞き流した。

「私がもっとも不可解に思っているのは、なぜ、王家がここまで込み入った手を使って君を陥れようとしたか、ということです。聞いたかぎりでは、たしかに楊家も王家も旧い名家ではあるが、大きな遺恨はないという話ですが」

「私も聞いたことがありません。父ならばなにか知っていたのかもしれませんが、何も話してくれませんでしたし」

「貴宅にはたしか、祖父君の時代から仕えているという老僕がいたはずですが。孫どのが科挙で都にあがった時、君の父君の供をしていたそのご仁にいろいろ世話になったので、詳しいことを訊くならそのご老人にと書いてよこしました」

「老七ですか。役人に追い出されていなければ、まだ家にいてくれているはずですが」

「わかりました。ではそちらからも話を聞いてみましょう。君に、個人的に心あたりはありませんか」

　しばらく、楊宗之はじっと虚空をにらんでいたが、

「どうしても心あたりがないのですが」

「王家の、例の娘御に関わったことは？」

「……あったといえば、ほんの少しだけ」

「ほう、どこで逢ったのです」

「いえ、逢ったわけでは。ただ、半年ほど前、この近隣の寺で大きな法会があったので物見遊山に出かけてみたところ、参道で王家の参拝の一行に行き会いました」

「なにか、騒動でも？」

「いえ、まったく。私はただ、脇によけて行列を見物していただけです。ただ、その中に女物の轎がいくつかあって、あれは王家の婦人方のものだろうと背後でひそひそうわさ話が聞こえた程度です。ひょっとして、その轎の中のひとつに、件の娘が乗っていたのかもしれませんが」

「こちらからは、姿は見ていないと？」

「はい」

　はっきりと言い切った楊宗之に、なぜか包希仁は少し複雑な苦笑いを見せた。

「寺の名前は？」

「凌雲寺(りょううんじ)です」

「わかりました。他の者にもう少し話を聞かねばならないとは思いますが、あらかたの事情は把握できたと思います。ご苦労さまでした、では」

と、長衫の裾をはらって立ち上がると、

「戻りましょうか」

にこりと青年に向かって笑いかけた。

「は？」

「ですから、戻りましょう。役人たちもそろそろしびれを切らしかける頃ですし」

「どこへ」

「牢内に決まってるじゃありませんか」

「え」

さすがに、楊宗之は絶句する。

「私はただの巡察使ですからね。いくらなんでも知事どのの決済するべきことを横取りするわけにはいきませんし、法を破ることもできません。ここでこうして話をしていること自体、知事どのの温情にすがってのことなのですから、これ以上、それに甘えるわけにはいかないでしょう」

後半はどことなく聞こえよがしに声量をあげたように思えたのは、おそらく気のせいなのだろう。

「というわけで、すみやかに元の房に戻っていただけますね」

包希仁と話している間に、牢内はきれいに清掃されていた。その夜からは、食事も夜具も一段上等なものになった。もっとも、楊宗之はそれまでろくに眠らず、王綵娘と対決させられた時以来、飲み食いも絶っていたからあまり関係がないといえばなかったのだが。

そして、その夜、楊宗之がぐっすりと眠ることができたのは、牢内の扱いよりもなによりも、今まで誰にも話せず抱えこんでいた屈託を、すべて吐き出せたという安心感に因るものが大きかった。

一方、包希仁の方は難しい顔をした知事たちと対決する羽目になっていた。といっても、あいかわらず、のらりくらりとした受け答えに終始していたのだが。

「しかし、あの者の言い分を鵜呑みにするのはいささか……」

「鵜呑みにしているわけではありませんよ、私も。ただ、可能性があることはすべてきちんと調べあげた上で決めても悪くないと申しあげているだけです」

「ですが、今更調べなおすなどと言い出したら……」

「王家が承知しない、ですか？」

「あちらの大切な娘御にとてつもない無理をさせたわけですから」

これ以上無理は言えない、事件を長引かせるわけにもいかないのだと、知事の目が訴えていた。あのままであれば、無言をいいことに楊宗之に罪をかぶせて処罰して、それで終わりにできたのだ。

「しかし、娘御の証言はそもそもあちらから申し出てきたことですし、逆に今、再度の捜査を拒否する方が妙というものでしょう。娘御の件もありますが、わずかとはいえ盗まれたものがあるわけで、そちらもまだ見つかっていないのでしょう?」

「それはそうですが……」

と、また、情けなさそうな顔を知事は見せる。

「そもそも盗まれたものは、いったいなんだったのです」

「はあ、金銭(かね)の他、女たちの髪飾りとか宝飾とか、あとはちょっとした書き付けだそうで」

「まだ、それは戻ってきていないのですね?」

「は、楊家とその関連を、それこそ庭の隅々まで掘り返しましたがなにひとつ」

「ということは、それは宗之どのの仕業(しわざ)ではないという立派な傍証になったと思うのですが」

「はあ、ですが、一味の者が持って逃げたということも考えられますし」

「ならば、宗之どのは手引きをした上、分け前ももらえず一人だけ捕らえられた大間抜けということになりますね」

さすがに、あれほど毅然として無言を貫いていた若者が、貧乏くじを引かされるほど弱気だとは思えない。

「王家が、こっそり盗まれたものを取り戻しているということは考えられませんか」

盗賊と裏取引して金で買い戻すことは、十分に考えられることだ。

「特に、書き付けというのが気になるのですが」

不正を疑うわけではないが、公にできない帳簿や証文などはこういった名家にはありがちなものだ。特に、金貸し業は寺社にだけ許されているのだから、法外な利息をとるような借金の証文が知られるのはまずい。

「ですが……そんなことであれば、王家に問い合わせても素直にはい、戻ってきましたとは申しますまい」

「言わないでしょうねえ。では、さぐりを入れてみてはいかがでしょう」

「さぐり……ですか？」

「官衙の手の者とは知られないように人を雇って、内々に売りたいものがあるのだがと話を持ちこめばよろしいのですよ。奪われたものが戻ってきているのなら、門前払いされるでしょう」

「戻ってきていなかったら？　見せろといわれたらいかがすれば」

「その時は、適当な骨董品でも売りこめばよいのでは。こちらは、書き付けを売るとは言っていないのだし、あちらの思惑と違ったところで責められる謂われもありません。主の趣味に合わせて、画でも書でもいい。贋作の多いうさんくさそうな品ならば、もっとそれらしく装えるでしょう。無理に売りつける必要もありません。見せた上でむこうが要らないと言えば、それで終わりです。目的は十分に果たしています」

「な、なるほど」

知事は多少あきれながら肯いた。

この包希仁、外見からは想像がつかないほど人が悪い。

「ですが、戻ってきていないと判明した場合はどうすればよろしいので。せめて盗品の行方をはっきりさせなければ、楊宗之の無実は主張できませんが」

「なに、簡単です。さぐりを逆方向に入れればいいんですよ。王家がひそかに盗まれたものを買い戻したがっていると噂を流せば、すぐに王家の周辺に姿を現すでしょうよ」

なるほど、宝飾品ならばまだしも、証文だの書き付けだのは簡単に金銭になるものではない。せっかく奪ったものなのだから、少しでも金銭に替えたいのが盗んだ者の本音だろう。

「おそらく、それほど遠くへは逃亡していないと思いますよ。宗之どのが罪を引き受けてくれていた間、連中は安全だったはずですから」

　やんわり穏やかな笑顔で言われたが、さすがにこれは皮肉以外のなにものでもなかった。知事は顔を赤くして、髪が薄くなった頭を下げた。

　包希仁も相手の顔色を見て、

「気を悪くされたら、申し訳ありません」

　すぐに謝ったが、

「お詫びしますが、そのかわり」

　すかさず続けた。

　なんだろうと、思わず身構える。

「楊家の老僕に会いたいのですが、今、どこにいるでしょう」

「楊七ですか。はて、逃げもせず楊家の屋敷内にとどまって、留守居を気取っているはずですが」

「では、ひとり、道案内の者をお貸しいただけるとありがたいのですが。明日にも早速に会いにいくことにいたします」

「そ、それは」

　都の役人が直接、楊家を訪れたら噂になる。それが王家の耳に届いても、また都やら知事の上司やらに知れてもあまりいいことが起きるとは思えない。それにこの調子だと、まっすぐ楊家から戻ってくるとは限らない。これ以上、よけいなところへ首をつっこまれては困る。

「こちらに呼びだしますので、どうかお待ちください」

「できるだけ早く話がしたいのですがね」

「明日、朝一番に必ず。はい、必ずこちらへ連れてまいりますので」

どうぞ、官衙においでくださいとすがりつかんばかりに懸命に止めて、ようやく包希仁に肯首させることに成功した。

ただ、知事の仕事はこれでは終わらなかった。

やれやれと思うまもなく、すぐに人を楊家へ走らせねばならず、さて休むかと思っていたら戻ってきた使者から「楊七めが臍を曲げて、出頭を拒否しております」と報告をうけて改めて丁重な書面を書いてもたせなければならなくなった。

「楊七め、今まで主に面会させなかったことを根に持って、今さら来いと言われても知ったことではない、どうせ主は冤罪で殺されることに決まっているのだし、好きなようにするがよいとえらい剣幕で」

こんなことなら、さっさと楊宗之を裁いてしまえばよかったと悔やみながらも、懸命に言葉を尽くして書き終える。今度は諾と言うまでは帰ってくるな、事と次第によっては力ずくでもと言い含めてふたたび使いを出し、「なんとか説得できました」との報告を受けた時にはもう、真夜中をかなり過ぎていた。

ようやく眠りについたと思ったら、夜明けと同時に叩き起こされた。

「楊七が出頭しましてございます」

だが、あわてて身支度をして官衙に出ると、

「すでにひきとりましてございます」

との報告に憮然となった。

「なぜじゃ、用事があるから呼び寄せたのではないのか。それが、すぐ帰るとは何事か」

「何事と言われましても、包さまが面会なさった上で帰宅してよいと仰せになったそうで」

思わずむっとなって、

「いったい、包どのは何を考えておいでじゃ。たしかに査察の権限はお持ちだが、だからといってこの地の政(まつりごと)まで掌握されたわけではない。これで越権行為といわれても仕方がないはず。こんなことが許されてよいものか……」

憤慨とも愚痴ともつかぬ声を止めることができなかった。

「我慢ができぬ。包どのに話をしてくる。今、どちらだ」

「それが……包どのはおでかけに」

「いったい、どこへ」

巡察使の案内は、知事の責任で行うものだ。身の安全のためと、もうひとつ、よけいなところへ首をつっこませないためだ。そのために、気をつかい金銭(かね)を費やして接待をしているのに、これでは意味がない。

「どこへ行かれるか、聞いていないのか」

「……おそらく、凌雲寺かと」

近在の大きな寺の名が告げられた。

「凌雲寺？　なぜ、そんなところに」

「わかりかねます。ひょっとしたら、楊七と一緒かもしれません」

「なぜ」

「それもわかりません。知事、それよりも、後を追う方がよくはございませんか。ここでいくらなぜと考えていても、埒(らち)があきません」

側近に助言されてようやく、知事も目が覚めてきた。

「そうだ、そのとおりだ。では、すぐに支度を。包どのを連れて戻るための車馬の支度もな」

慌ただしく準備を整えて、出発しようとしたまさにその時、

「巡察使さまがお戻りになりました！」

表から人がかけこんできた。

「なんと、こんなに早く！」

あわてて官衙の正門まで駆けつけると、ちょうど馬から包希仁が降りるところだった。

そもそも文官で馬を乗りこなせる者はあまりいないものだし、この茫洋とした巡察使がまさか、そこまで機敏だとは想像もしていなかった知事たちは唖然となった。

が、すぐに、

「包どの、お出かけの際は行き先を告げてくださらなければ困ります」

苦情が口をついて出た。

言われた当人は、悪びれる風もなく、

「申し訳なく思っておりますよ」

あっさりと謝罪した。

「どちらにおでましだったのですか」

「凌雲寺です。おや、厩で馬を借りる時に言い置いたつもりだったのですが、忘れていましたかね」

官衙の奥へ向かう途上のやりとりである。

「いったいなんのために」

「昨日の楊宗之どのの話をたしかめに」

「そういうことは、私どもにまずおっしゃっていただかないと。そういうことを調べるのも、我らの仕事です。失礼ながら、包どののなさっていることは、少し、お役目の域を越えているのではないかと思うのですが」

「たしかに、越権かもしれませんね。ですが、不正がないかどうかを調べるのも私の役目のうちのひとつなのですが。正直申しますとね」

にこにこと穏やかな顔の包希仁が、そこに立っていた。

「ひょっとしたら、貴殿をはじめとする官衙の方たちが王家の意向をうけて法を枉(ま)げているのではないかという疑いをもって、ここまできたのですよ。盗賊は複数だったという話なのに楊宗之ひとりだけを捕らえて、他は追及されないというのも妙でしたし。ですが、ここまでの経緯をみて、完全に疑惑は晴れました。王家の介入があったのならばここまで私に協力してくださる道理がない。疑ったりして申し訳なく思っておりますよ。おわびいたします、これ、このとおり」

わざわざ立ち止まって両手を拱(こまね)いて、丁寧に頭を下げた。

これには、知事の怒りも一気に水をかけられた。

「そ、そんな。恐縮でございます」

怒気はそがれたが、まだ、完全には気持ちは収まっていない。よく考えれば、あらぬ疑いをかけたと面と向かって言われているのだ。いくら相手が上位とはいえ、無礼と言えば無礼な言い分だ。

「そういえば、楊七はどちらに」

「凌雲寺から、直接、楊家に帰しました。聞くだけのことは聞き出しましたから、留めおく必要はないでしょうし。主に会わせてくれと頼まれましたが、今回は知事どのの許可がないので我慢してくれといったら、おとなしく戻っていきました」

「おとなしく？」

「はい、ですから、この次にやってきた時には、楊宗之どのとの面会を許してやっていただければありがたいと思います。ああ、着替えの衣服だのなんだのと持参してきていたので、私の宿舎に預かっています。中身を改めて、問題がないようでしたら牢に届けてやってください」

だが、まだ憤然としている知事の耳には、言葉の半分ほどしか入らない。

「聞くだけのこととは？」

「それは、おいおいご説明します。それで、もうひとつふたつ、知事どのにもお願いがあるのですが」

「何事でしょうか」

「凌雲寺で話を聞いて、いろいろとわかってきました。事と次第によってまた、訊きたいことが出来（しゅったい）するかもしれません。その時には、こちらに来てもらえるよう、知事どのから頼んでいただけますでしょうか。なにしろ、今回、急に伺って少なからずご迷惑をかけたので、これ以上は私からは頼みにくいもので」

「あの寺にはふだんからいろいろと便宜を図っておりますから、文句は申しますまい。よろしい、その時にはおっしゃっていただければ」

ここは点数の稼ぎ時だと思ったのだろう、よけいなことまで知事は口走った。

「もうひとつ。今一度、王家の娘を呼び出して宗之どのと対面させてほしいのです」

「は、ではさっそく手はずを……」

勢いで答えてから、はっと我にかえった。

「なんとおっしゃいました？」

「ですから、もう一度、王綵娘をここへ連れてきてほしいとお願いしているのですよ」

「そ、それは……」

「できませんか？」

穏やかな顔で、こともなげに訊かれて言葉に詰まる。

「できません」

とは、言えなかった。

昨夜も同じ問答をしている。それを再度持ち出してきたということは、相手は無理を承知でいっている。なんとしてでもやれ、という命令にも近い言葉だ。

「……理由をご説明いただいてもよろしいでしょうか」

しぼりだすような声で、知事はようやく訊きかえすことができた。

「納得したら、お願いしたとおりにしていただけますか？」

この男、のんびりしているようで駆け引きが上手い。

「できるだけのことはいたしましょう」

と、こちらもわずかながら抵抗をみせる。

「わかりました。といっても、単純な話なのですがね。昨日、お話ししたことをご考慮いただければ、すぐわかると思うのですが」

「昨日のお話、ですか。あれを鵜呑みにはできないと申し上げましたが」

「鵜呑みにはしていませんよ。していないからこそ、真偽をたしかめたいのですよ。もしもあの話が真実であるなら、身代わりになった女の生死が気がかりですし、ひょっとしたら王家の罪を見逃すことにもなります。これは政を行うものとしては見過ごすことはできないと思いますが」

「ですが、呼び出しただけでわかりますか」

「仮に、前回、ここへやってきた娘が本物の王綵娘だったとすれば、話は簡単です。二度目にわざわざ偽者を用意する必要はありませんから、前回と同じ娘がやってくるだけです。楊宗之の話は虚言だった、ということになります。行方不明の妓女も存在しないわけですからそこで話は終わりです」

「しかし、前回と同一の娘だとどうやって判別すればよいのやら。前回、我々は誰も娘の姿は見ておりません。見たのは、楊宗之のみですが」

「姿は見ていなくても、皆さん、声ぐらいは聞いたのではありませんか？」

「それは……たしかに」

自信なさげに知事は肯いたが、すぐに、

「ですが、では、王家がまた同じ女を替え玉として差し向けてきたらいかがなさいますか？」

「その場合は、楊宗之がそうと申し出ると思いますが。彼も今度はもう、無用なかばいだてはしないでしょう。仮に女が義理や脅しで虚言をつきとおそうとするなら、朋輩だった妓女たちを呼んできて会わせてみればよろしい。すぐに身元が判明するでしょう」

「では、王家がさらに別の女を替え玉に立ててきた場合は……？」

「それこそ、声で別人とわかるでしょうし、楊宗之が別人だと証言するでしょう。これまた朋輩の妓女たちの証言が有効になります」

「なるほど……」

つぶやいたあと、知事はうなるような声を上げて黙ってしまった。

知事の頭の中で、めまぐるしく計算が働いているのがわかる間合いだった。

ここで巡察使に協力するか、王家をかばって恩を着せるか。

王家をかばってやれば、以後のつけ届けも増えるだろうしこの土地の他の有力者とのつながりも王家を介して強くなる。老齢にさしかかっている知事には、この先のめざましい立身出世は望めないし、適当なところで引退してこの土地で王家の庇護をうけて悠々自適の生活というのも悪くはない。

だが、犯罪にあたるかもしれないとわかっているものを握りつぶしたことが知れれば、確実に罷免になる。下手をすれば財産も没収、一族にも累が及ぶこともある。

そして、すでに目の前でにこにこと笑っている巡察使にことの全容を知られてしまっているのだ。

小細工など、やるだけ無駄だ。

「ですが……王家にはなんと理由を説明したらよいものやら」

最後の抵抗というよりは、全面降伏して指示に従います、という意味だった。

「理由？　そんなものが要りますか？　余計な説明をすれば、あちらに拒絶の口実を与えるだけです。もう一度調べる必要がある、その一点ばりで十分でしょう」

「……承知いたしました」

「おわかりいただけると信じておりましたよ」

包希仁は破顔した。

こうしてみると文弱の徒にしか見えないが、さすがにもう知事も騙されなかった。

「では、すぐにでも王家に使者を出しましょう。他になにか付け加えることはございますか」

ひたすら下手に出てみた。

「では、三日以内に出頭せよ、と。拒否した場合は、盗賊の被害というのは虚偽とみなす、さらに、上を欺いた疑いで処罰すると伝えてください」

これまで見たこともない、引き締まった表情でそう告げると、

「さっさと片づけてしまいましょう。これ以上、人に迷惑をかけないうちに」

それからの準備も、大変だった。

娘を官衙に迎える手はずは以前と同じだとはいえ、一度きりのことのはずだったから、歩障などはすでに破棄してしまっている。それを布から調達しなおして、なんとか似たものを作り直した。

その一方で、王家との間に何度も使者が往復する。

王家としては、当然、

「恥を忍んで訴え出て下手人の証言までしてやったのに、何をいまさら」

という主張を返してくる。

すでに一件は決着して、あとは楊宗之に判決が下るのを待つばかりだと思いこんでいたのだから、蒸し返されて怒るのが当然だ。

もちろん、包希仁は一歩も引かせない。

といっても、恫喝ひとつしたわけではない。

我が身かわいさに譲歩しかねない知事やその側近たちに対して、

「かまいませんよ、私は見たそのままを都で報告するだけのことですから」

と、穏やかに笑っただけで、他の時間は牢へ出向いてなにやら楊宗之と話しこんでいるばかりだったのだが、効果は抜群だった。

念のために、牢番たちにふたりの会話の内容を確かめたところ、

「ただの世間話で。はい、どう聞いても、昔読んだ書物の話やら、都のどの店の料理が美味いとか何が流行っているとか。そういった話ばかりです」

どうやら、こちらに都合の悪い話はしていないなと確認するあたりが小心者の証なのだろう。

知事が脅そうがすかそうが動かないと知って、ようやく王家が折れてきたのは三日目の午（ひる）だった。

「何を知りたいのかは知らないが、こちらがここまでやって事の真相が明らかにならないのであれば、それなりの償いはしていただきますぞ」

脅しにも近い文言とともに、大勢の侍女や小者らに取り囲まれた轎が官衙の正面にやってきた時にはすでにその日も暮れかけて、室内には灯火が必要になっていた。

紗や金具で美々しく飾られた轎は、四面を厚い帳で覆われていた。とりあえず轎を官衙内の前院にまで入れさせ、急ごしらえの歩障を持ち出してさらに轎の四囲に立てまわす。覆いの中で侍女たちが中の娘を助け下ろし、歩障とともにさらに官衙の奥へと案内されていった。

奥では、すでに準備が整っていた。

奥まった静かな部屋に椅を何脚か用意して娘たちを通し、ついで部屋の奥に用意した席に知事たちが着き、最後に役人に連れられて楊宗之が入ってくる、という手はずだった。

包希仁がこの場に顔を出さないのは、これはあくまでこの土地の知事の責任で裁く案件だから口は出しませんよという意思表示らしい。

楊宗之が連れてこられる前だったが、官衙の役人たちが着席したと見て知事がおもむろに口をひらいた。

「まずは、当方の不手際と非礼の数々を、深くお詫びいたす。にもかかわらずの再々のおでましも、感謝いたす。まことに申し訳なく思っておるが、悪く思わないでいただきたく、また、父上、伯父上にもくれぐれもよしなに伝えていただきたい」

言葉だけを聞くと丁重に思えるが、壮年の男が猫なで声で言うとなると多少気味悪くないでもない。そのせいでもないのだろうが、歩障の中からはこそりとも音がしない。

「念のために、前回と同様に伺うことをご容赦くだされ。王綵娘どのですな」

ふたたび、沈黙が落ちる。

歩障の外側に控えた侍女たちが、気まずそうに下を向く。

「王家のご息女ですな？」

ふたたび、質問が飛ぶ。

知事の声も、わずかにうわずっていた。

「……はい」

沈黙の中に、羽毛のような声が静かに流れ出た。

一瞬、知事の顔がほっとほころんだのはどういう意味だったか。

その次の瞬間。

風のようにその場に駆け込んできた影がある。

「楊宗之！」

本来なら拘束されて別室に控えているはずの楊宗之が、自由な両手で歩障の布をがっしりとつかむと力一杯跳ね上げた。

侍女たちの悲鳴が上がる。機敏な者は裳裾（もすそ）を蹴立ててその場から逃げだそうとする。

居並ぶ知事たちも、とっさのことで声も上げられずにただ呆然とする中で、

「小燕」

呼びかけに答えて静かに顔を上げたのは、小柄な女だった。顔立ちはよくととのっているがどこか寂しげで、裕福な家の娘とは思えない地味さだった。地味といえば、その衣服も髪飾りも、娘というよりは中流どころの家の奥むきといった質素で実用一点張りのものだった。

「李家の小燕だな。無事だったのだな」

「……違います」

女の声も震えていた。

「違います、わたくしは王家の……」

「王綵娘がこんな質素な衣服で外出するのか。いや、それより私は忘れてない。李小燕の右眉には大きな黒子があったこと」

「わたくしは……」

「これ以上、虚言は無駄だ。すべて見抜いている人がおいでだ」

寂しげな表情に、あきらめの色が加わった。

知事たちにも、これが王綵娘ではないことが理解できた。楊宗之のいう女の容貌の証言は信用できなくとも、女の衣服を見れば一目瞭然だ。

おそらく、女を再びここにつれてくるのに時間がかかったのだろう。衣類ぐらいは用意できたのだろうが、着替える暇も化粧をする余裕もなかったにちがいない。どうせ歩障で姿が隠れるからわからないだろう、とたかをくくったのかもしれない。前回、楊宗之が女の顔を見ているのは知っているし、今回も楊宗之との対面があることは承知していたが、楊宗之が前回の対面のあと、ぴたりと口をつぐんでしまったのを、いいように解釈しすぎていたのかもしれない。

「そなたは……」

ようよう我にかえった知事が、声を絞り出した。

「そなたは、何者だ」

「……李氏の女で、小燕と申します」

「王綵娘ではないのだな」

「……はい。以前は、康福楼の妓女で双紅と申しておりました」

「今は違うのか」

「はい、落籍されて、費という小商いをする男の後添いに」

「落籍したのは、王家だな」

「そのとおりでございます。お嬢さまの身代わりを首尾良くつとめあげれば、落籍の金を出して嫁ぎ先も世話してやると」

観念したか、小燕はすらすらと答えた。

そのころには、逃げ出していた王家の侍女たちや外で待っていた小者たちもみな捕らえられて官衙の内へ連れて来られている。侍女たちには急遽、さらに奥まった別室を用意し、知事とあと数人の役人が尋問することになった。

「念のために問うが」

乳母か侍女頭なのだろう、もっとも年配らしい女はずっと泣きじゃくっている。

「あれは、おまえたちが仕える王家の娘ではないのだな」

「はい、おっしゃるとおりでございます。すべてご本家の老爺のご指示でございます。わたくしどもは、ただご命令に従っただけでございます。どうぞ、ご容赦を。お嬢さまにもおとがめがございませんよう」

「それはできぬ。だれの命令にしろ、結局のところ上を欺いたのだから、まったくの咎めなしというわけにはいかぬ。まして、ことの下手人はどうやら楊宗之ではなかった模様。とすると、あきらかに誣告の罪になる。あやうくわしらも冤罪をつくるところだったのだ。見過ごしにはできぬ。少なくとも、直々に王家の主立った者からの話を聞かねば」

「お許しくださいい。お慈悲をお願いいたします。お嬢さまは今、身重でいらっしゃいます」

「なんだと？」

これには、その場にいた官衙の人間は全員絶句した。驚かなかったのは、隣室で話だけを聞いていた包希仁ぐらいなものだったろう。

「まさか、このことまでご存知だったのですか？」

包希仁のかたわらに控えていた楊宗之が小声で尋ねると、

「まさか。まあ、可能性のひとつとしては考えていましたが」

「どこまで、考えておいでだったのです」

「なぜ、君が名指しされたかをまず考えてみたのですよ」

少しはぐらかしながら話を始めるのは、この男の癖なのだろう。ここ数日でそれがほぼのみこめてきた楊宗之は、だまって拝聴することにした。

「そもそもの事の起こりは、うら若いご婦人にとっては死ぬことすら考えるほど耐え難い事態なはずです。にもかかわらず、気丈にも名指しで相手を告発してきているのはなぜかを考えました。私はごらんの通りの朴念仁(ぼくねんじん)ですが、それでも身ごもった可能性ぐらいまでは思い至ります。しかも、その子を産むという方向で話が動いている。そこまでして産む決心をしていて、親たちも協力しているとすると、おそらくすでに水に戻すことは不可能な時期なのだろうという結論に至るのは、そう難しいことではありません」

言いながら、楊宗之の顔を見た。

「問題は、娘の相手です。これはさすがに最初は見当もつきませんでしたが、とにかく、王家にとっては都合の悪い男というのは確実でした。それで逆に、王家にとって都合のいい男というのは誰だろうと考えてみたわけです」

「……それが私ですか」

「失礼ながら、今は落魄（らくはく）しているとはいえ、君の家柄はたいしたものです。多少なりともまだ資産があれば、王家の方から縁組みを望んできてもおかしくない。だが、今の君の状態では婿に迎えるなど論外、というより、だれを言いくるめて婿にしたところで、生きた人間を婿にするかぎり娘の不始末はいずれ外に漏れる」

さすがに呆れた表情を、楊宗之は浮かべた。

「それで、私に濡れ衣を着せて盗賊という汚名とともに葬ってしまおうと企んだと？」

「まあ、よく考えたとは思いますが」

「そうでしょうか？　無事に生まれたとしても月数が合いませんし、そもそも、どこの男の子かも知れないものを、王家では育てる気だったのでしょうか」

「さあ、そのあたりは私には。綵娘が、どうしても産んで育てると言ったのかもしれません。どちらにしても、君を不義の相手ということにしておけば、多少なりとも王家の体面が保たれると思ったのでしょうね。根本はあさはか極まりないとも思います」

最後は、めずらしくはっきりとした口調でいいきった。

包希仁と楊宗之の会話の合間にも、王家の筆頭侍女との質疑は続いていた。知事たちの質問もあまり当を得たものではなかったことと、女も言い渋ったりはぐらかしたりと、要領を得なかったため、包希仁が話し終わってもまだ女の弁明は続いていた。

話は長かったが、包希仁の推測からはさほどかけ離れてはいなかった。

「王綵娘は、これからどうなるのでしょう」

「心配ですか？　君を陥れようとした女ですよ？」

「さすがに、身ごもっているとなると話は別です。子供も哀れかと」

「罪は罪ですし、処分は知事どのに任せるしかないでしょうね。ただ、今回のきっかけを作ったとはいえ、首謀者ではないでしょうから厳罰はありますまい。子供は、できれば父親をさがしだして連れ添わせてやるのが一番いいことだとは思うのですが、こればかりは」

と、これまた珍しく言いよどんだ。

「ひょっとして、子の父親とやらの見当がついておいでなのですか？」

「おや、君の話でさてはと気がついたのですが」

「私の話？」

「半年ほど前に、法会に行ったと話してくれたではありませんか。そこで、王家の一行と行き会ったと」

「は……？」

楊宗之の顔を見上げて、包希仁はにこにこと笑った。

「大家のお嬢さまが家の外に出るようなことといえば、寺参りぐらいなもの。余所の男と知り合うとしたら、そういう機会しかないはずです。宿坊に泊まったりすれば、ふだん、身辺に光っている人目も減るものですし。ここ半年でそういう大がかりな法会があったのは凌雲寺だけだそうですし。ですから、凌雲寺の法会の時に相手と出会ったのではと考えたのです」

「ですが、王の家の内にも、相当する者はいるでしょう」

「縁者ならそのまま婿にしても、それほど問題はないでしょう。ああいう、富裕な一族ならよくある話です。もしも相手が使用人ならば、事が知れた時点で放逐されるか消されるか。ですが、ここ半年の間に暇を出された者もいなくなった者もないそうです。一方、凌雲寺に話を聞いたところ、君が捕らえられる少し前に、ひとり、突然行方知れずになった若い僧がいるそうです」

「では……」

「おそらくは。行方不明自体が不祥事ですから、寺の方もできるだけ隠しておきたかったようですね。私が直接行って訊いても、なかなか正直には話してもらえませんでしたが、なんとかなだめすかして」

なだめたというより脅したのではと楊宗之は思ったが、口には出さなかった。

「そんなわけで、凌雲寺にその僧を探し出してくれるよう依頼しておきました。まあ、数日中にはなんとかするのではないでしょうかね。その時には、私からひとこと口添えしてやりましょう。そのあとは、知事どのに任せるしかありませんね」

別室の声がおとなしくなったのに気がついて、包希仁はゆっくりと立ち上がった。


事のあらましがほぼ片付いたのは、それから三日後のことだった。

王家には即座に人が入り、家屋敷は差し押さえ、綵娘の父親やその兄で本家の当主は官衙の牢へ連行された。それによると盗賊の被害はたしかにあったのだというが、こそ泥程度で実際の被害はほとんどなかったらしい。

盗まれたはずの書き付けはやはり違法な貸し付けの証文で、あまりにも高額な利息にたまりかねた借り主たちが、恐れながらと訴え出ようという動きがあったらしい。万一訴えられて証文を押さえられれば、王家の主要な人々は罪に問われ、貸した金も戻ってこなくなる。それを察知した王家は盗賊騒ぎをいいことに、盗まれたことにして証文を安全な場所に隠匿（いんとく）しようとしたのだ。一旦、隠しておいて、ほとぼりがさめたころ、知事たちが異動していった後にでも取り立てようという魂胆だったのだろう。

そもそものことの起こりの綵娘は捕らえられこそしなかったが、王家の屋敷内に軟禁状態とされた。官衙まで来ていた侍女たちも、そっくり送り返されて屋敷の外へ出ることを禁止された。屋敷内に役人が立ち入り門という門には監視が付き窮屈なことにはなったが、とりあえず今までと変わらない生活を保証されたわけだ。

伝え聞いた話では、娘は泣くどころか下役人たちにくってかかり、慌てふためく家内の婦人たちを叱咤してあれこれ指図を出し、役人たちにまで下働きをさせようとしたという。

「深窓の令嬢かと思っていたら、なかなか気の強いわがまま娘で。親も手を焼いていたようで、それがこのたびの騒ぎの遠因にもなった模様です」

報告を受けた知事が報告してきた。

その翌日には、凌雲寺から使いがやってきて、逃げた僧が引き立てられてきた。

本来、寺や僧侶は税を免除されており、得度するにも還俗するにも許可が必要である。それを逃げ出したのだからこちらにも厳しい罰が下ることになるのだろうが、

「これまた、綵娘がなにやら騒ぎ立てているようで。女の一途さと思えば同情できないこともありませんが、なんにせよ面倒なことで」

と、知事ですら首を振ってあきれ果てていた。

最後に、綵娘の身代わりになった李小燕は元の家に送り届けられた。頼まれたことと

はいえ、王家の悪だくみに荷担したのだから無罪放免とはいかないところだが、そこを多少の罰金だけで済ますようにと包希仁が助言したのだ。

「妓女が大金を払ってくれる客に逆らうのは困難でしょう。小燕は客の頼み事を聞いただけです。落籍されて良民の妻になっているところを無理矢理連れてこられ、さらにこちらの都合とはいえ、いきなり満座の人の中に放り出したのです。少しはそのあたりの事情を哀れんで考慮してやるのも、この地を治める知事どのの度量の広さというものではないでしょうか」

　負い目がある知事は素直に提案を受け入れた。もちろん、元の家に戻るというのも、小燕の希望である。

「良人（おっと）はわたくしの前身は承知の上、事情も承知の上で娶（めと）ってくれました。貧しくはございますが、働くのはいっこうに苦になりません。むしろ、夫婦で力をあわせて立ち働くのは楽しゅうございます。良人さえ諾といってくれますなら、あの家へ戻り添い遂げたいと思っております」

　細い声で、女はそう告げたのだ。

　声も姿も細いが、それでも与えられた範囲の中での幸福を懸命に探して生きて行こうという気概を感じられる言葉だった。

「正直、あの人に関してはこれでよかったのかと後悔しているのです。あの人をひっぱりださずに解決できればよかったのですが、なにしろ王家がきれいに行方を隠してしまっていたもので」

包希仁の言葉に、楊宗之は首を横にふった。

「万一の場合も考えられましたし、仕方がなかったと思います。小燕が選んだ生き方ですし、そもそも、あの人が一番つらい時期を知らずに過ごした私は、なにも口出しをする資格はありません」

「そうですか」

つぶやいた包希仁だが、

「君はこれからどうします？」

と、静かに訊ねた。

「……私、ですか」

「私の仕事も終わりに近づきましたし、数日以内に出発することになるでしょう。事も片付いたようですし、君も希望するなら今日にでも自宅に戻れます。ただ、楊七と少し話しましたが、こんなことがあった後ですから、この土地に住み続けるのは難しいかもしれない。冤罪は証明されましたが、一度汚名をきせられると人はどうしてもそういう目で見ますからね」

「……自業自得だと思っています」

包希仁の後に続いて官衙の奥へと歩きながら、楊宗之はつぶやいた。

「老七の言うことをきいて、きちんと学問に身をいれていれば……少なくとも無頼の徒と交わったりせず身を慎んでいれば、こういう羽目におちいったとしても少しは信じてくれる人がいたのでしょう。もともとの私の素行が悪かったために、みんな王家の言い分の方を信じてしまった。老七には謝らなければならないと思っています。別の土地に移ることも考えなければならないのでしょうが、あてがない以上は、ここで耐えていくしかないとも」

うつむきがちに答える楊宗之を、肩越しにちらりとふりむいて、

「では、私のところへ来ますか？」

「は？」

「書生のひとりやふたり、十分に面倒をみるぐらいの余裕はあります。むしろ、いてくれると助かります。武芸が達者ということもありがたいですが、度胸も思いやりも持ち合わせている」

「ですが……」

「都で科挙のための勉強、というのも悪くはないと思いますよ。教師なら都の方がよい人を招けると思いますし、楊七もそれならばと賛成してくれましたが」

「まったく、かないません」

楊宗之は苦笑を浮かべるしかなかった。

「すでに、手はずはすべて整っているではありませんか。これ以上、私にどうやって抵抗しろとおっしゃるんですか」

「では、決まりましたね」

包希仁はにこりと笑った。

「しっかり勉強してくださいね。私が合格した年齢……とまでは言いませんが、せめてその五年後には合格してください」

「……いったい、何歳で合格されたのです？」

「たしか二十八歳のころでしたかね」

絶句するしかなかった。

最初の解試ですら、合格するのに一生を費やす者もいるという。最終の殿試までを、一気に突破する者がいることすら信じられない難関である。それを、こののんびりとした白面郎がやってのけたとは。

そもそも、楊宗之は武芸や遊びにうつつを抜かして学問はおろそかになっていた。今から追いつけというのは、並大抵のことではない。

「君はいくつでしたっけ」

「……二十二歳です」

「では、十年以上も猶予があるではないですか。心配はいりませんよ、私がしっかり監督してさしあげましょう。遊んでいる暇はないだろうと楊七に言ったら、大喜びしておりましたよ」

罠から救い出されたら、また罠だったのかと楊宗之は思った。だが、この罠ならば安心してかかってもいいような気がした。

黒白（こくびゃく）

開封府（かいほうふ）の新任の知事（ちじ）は部下に嫌われていた。

原因は、「厳しすぎる」。

そういうと、いかにも厳格な頑固親父か融通（ゆうずう）のきかない神経質な秀才を想起しそうなものだが、当の包（ほう）知事本人は実におっとりとおだやかな人物である。少なくとも、初対面の人間はそう思うのではないだろうか。

実は外見と中身がまったく違うことを、側近の孫懐徳（そんかいとく）は知っている。そして、他の部下たちが感じている厳しさと、懐徳が実感してきたこととの間にも微妙にずれがあることも。

開封といえば宋（そう）の国都である。

ただし、「開封県」はその都・開封の東半分をさしている。西半分は祥符（しょうふ）県といって、また別の知事が任じられている。

一行政官とはいえ、また半分だけとはいえ、仮にも都の行政から警察・裁判の権限までを握っているのだからそれなりの高官であり、威厳なり重みなりが言動にもあるはずだ、いや、備わってこなくてはいけないと懐徳は思っていた。そうでなくては、下のものにしめしがつかない。だが、当の包知事は四十代にもなって、書生じみた立ち居振る舞いがおさまらない。真面目ではあるがやる気があるのかないのかわからないような態度でのらくらしているかと思うと、ひょっとしたきっかけで突然働き始める。人のいうことを聞いていないかのように見えて、人が見ていないことを見ていたりする。

そんなに目はしがきくなら、部下の不平不満ぐらい把握して手をうっておいてくれとも思うのだが、いっこうに関知しようとしてくれない。

一度、たまりかねて進言したことがある。

「私を側近に使われるのは、控えられた方がよろしいのでは？」と。

返ってきたのは、

「何故ですか？」

心底、不思議そうな声と表情だった。

「その、私は胥吏出身ですし、しかも地方の出で都のことには疎い田舎者ですし、他の方々の反感をかうのでは」

「他の官吏も必ずしも都の出とはかぎりませんよ。それに、希廉どのは今は私の幕僚なのだから、関係ないではありませんか」

部下を字で親しげに呼んで、おっとりと笑う。

ちなみに幕僚とは私的な顧問のことで、俸給は雇った人間の懐から出ている。基本的に国から俸給が出る官吏とは立場がちがう。

ついでにいえば、胥吏とは地方の役所で働く下役人のことでその地元の人間が採用される。学問や名声に関しては格段に落ちるが、事務能力や土地の事情に通じた者でもある。懐徳もさる地方の下役人を勤めていた時に包知事が赴任してきて知り合い、のちに転任していった包知事に呼び寄せられてその幕僚となった。

一方、官僚たちは国家試験である科挙（かきょ）を合格してきた英才で、才能と運次第では皇帝陛下の側近くに仕える閣僚となり、権力を握り国を動かす地位にのぼりつめることもある。もちろん、この包知事も科挙を受けて進士（しんし）となり、各地の地方官や朝廷の役職を歴任してきた人間で、都・開封府の知事に任じられていることから見てもこの先の栄達は約束されたようなものである。だから、いくら幕僚のひとりとはいえ、また年上とはいえ懐徳にていねいな口をきく必要はないのだ。

たしかに書類の処理やら実務はこなせるが、包知事の他の幕僚のように気のきいた助言や政策の進言ができるわけではない。せいぜいがこうして、遠回しに官衙（やくしょ）の空気を教えて注意を促す程度だ。しかも、将来のある若者ならともかくも、五十の坂を上りきった懐徳である。正直、何が気にいられてわざわざ、幕僚に招かれたのか懐徳本人ですら首をひねっている毎日なのだった。

「ですが……」

うまい言い回しが思いつかず口ごもっていると、

「役人たちが、私の悪口でもいっていますかね？」

にこにこと、しかしずばりと包知事は核心をついてきた。

なんだ、わかっていたのかと懐徳は肩を落とした。それはそれで喜ばしいことなのだが、わかっていながら何をとぼけているのかという脱力感の方が大きかったからだ。

「で、何が一番の問題になっているんですか？」

と、続けて訊いてきたから脱力の度合いも増す。

「知事どのは何が問題になっているとお考えで？」

問い返してみた。

「さて、仕事はそこそこに片づけているからいいとして、まず、暮らしが質素すぎるとか？」

「それもあります」

地方官とはいえそれなりの役職に就(つ)き、実績も上げ、噂では主上(おかみ)の御おぼえもめでたいという人物が、ふだんは書生の着るような白い麻の長衫(ちょうさん)で過ごしている。さすがに公(おおやけ)の席に出る場合はふさわしく威儀をただすが、長続きはしない。仕事に使う文具もごくごくありふれた品で、貴顕(きけん)の高官によくある文人趣味やこだわりはまったくといっていいほどない。かといって、質素倹約、清廉潔白(せいれんけっぱく)を気取っているわけでもない。

それはそれで立派なことなのだが、困るのは部下だ。上司が質素なのに、それを凌駕するわけにはいかない。

べつに包知事は部下に強制しているわけではないし、絹服を着ていたり持ち物に凝っているからといってとがめ立てしたことは一度もない。しないどころか、そういう物の価値がわかっているのかどうか、さらにいえば他人の衣服や持ち物が目にはいっているのかさえわからないのだが、それでも、うしろぐらいものを持っている人間にとっては窮屈極まりないのだろう。それで、萎縮してしまうのが人情というものなのだ。

着任したてのころ、知事の身辺を調べた上で、贈り物をした者がいる。

そもそも、新任者の噂は着任前から出回っている。包知事がおっとりと穏やかで一見無能に見えはするが、実はなかなかの切れ者で、特に部下には厳しいという話も役人たちには届いていた。懐徳が知り合った頃は、包知事の最初の着任地ということもあってその外見に見事にだまされたものだが、実績を積めば隠すのは不可能だ。だから、それなりの対策もされる。

その男は新任の知事は清廉潔白、なにごとも質素を旨とすると伝え聞いた上で、金銭や書画骨董、高価なものでは受け取るまいと考えた。頭を絞ったあげくに考えついたのが文房四宝と呼ばれる墨、硯、筆、紙の四種を手配し、それを特別誂えの台の上に載せて贈ったのだ。これならば、日常の事務にも必須であり硯以外は消耗品だから使ってしまえば抵抗はないだろう。

だが、黒檀で作った猫足の台を困ったように見た包知事は、

「申しわけありませんが、これは私には使えません」

断って返してしまった。

「なにしろ、私は粗忽者でして。家の中を歩くにも、家具の角や柱に足やら肩やらぶつけてばかりです。こんな凝った文房をどこに安置すればよいものやら。うっかりぶつかって床に落として壊してしまったら、もったいない。朴念仁の私には、使い古しの硯やら皆さんが使っている筆で十分です。お心づかいだけはありがたく受け取っておきますので」

実際、官衙に出てきた時の包知事は、自分で言うとおり、ものにはぶつかる筆は落とす、墨はこぼす書類は汚すという粗忽ぶりである。硯にしても、以前、名硯の産地である端州に赴任していたにもかかわらず、結局、硯を一面も持たずに離任したという徹底ぶりだ。贈った人間も、品物を引き取るしかなかった。

最初のこの一件で、即座に開封府の官吏たちは新知事には袖の下が使えないと悟ったにちがいない。同時に、自分たちが賄賂を受け取れば処罰が待っていることも。

官吏の収入の大半は、それぞれの役職についてまわる利権とつけ届けであるといってもいい状況で、賄賂が通じない上司をいただくことは死活問題だ。

とはいえ、これは自業自得ともいえることで、懐徳もそのあたりはあまり同情はしていない。

厳しいことは厳しいのだが、包知事の態度は強圧的なものではないし、役人たちは気がついてないものの、けっこう目こぼしもされているのだ。

開封府の知事としての職務の中に、裁判を開きその処罰を言い渡すというものがある。処罰も、棒叩きなど簡単なものであればその場で執行される。

裁判とはいっても、難しい案件はそうそうあるものではない。また、法に照らしてだいたいの量刑を決めたり判決文を書いたりするのは、胥吏や幕僚の仕事である。たまには知事本人が文案を考えることもあるが、この判決文というのは伝統的に故事成句や比喩、暗喩を並べ、文章を練りに練るのが常とあっては、とてもではないが全部ひとりで仕上げていては身がもたない。だから、ただ渡された文書を読みあげていることも多いのだ。

その罪人は、ちょっとした窃盗で捕らわれていた。微罪ではあるが再犯なので、三十回の棒叩きの上で放免と決していた。初犯ならともかくこの場合は無罪放免はあり得ないし、どこから見ても至極妥当な判決だった。

ところが、その男は言い渡された回数を聞くや、猛然と抗議しはじめたのだ。

「いくらなんでもあんまりだ。おとなしく罪を認めれば、刑を軽くしてやると言われた

のに、この数はなんなんだ。多すぎる、こんなはずではなかった。こんなことになると
わかっていれば、絶対にやりましたなんぞと言ってないぞ。袖の下を渡さなかったから
か、ええ？」云々。

まさしく言いたい放題、前後左右、罵倒のかぎりを尽くし、さすがの包知事でさえ眉
をひそめた時だった。

「おまえはおとなしく刑に服しておればよいのだ。何をつべこべと申しておる。おかみ
にむかって抗弁するとは不届きな。これ以上申したてると、数を増やしていただくがい
いのか。そもそもおまえのような不埒者は……」

抗弁の声をかき消すような大声で、罵りはじめた者がいた。その罪人の隣に立ってい
た下役人である。

本来、私的な使用人であるからそういう場には幕僚は顔を出さないものだが、たまた
ま、奥から書類を届けにきた懐徳はその場面を目撃することになった。

包知事という人は、役人がその権力をかさにきて威張り散らすのを嫌う人だというこ
とは、懐徳も十二分に承知していた。あ、これはまずいな、と思う間もなく、

「その者をとりおさえなさい」

激した、というには間延びした声が飛んだ。

「は？」

「取り押さえて、棒叩きの刑に処しなさい。回数は十回。そのかわり、その罪人の刑は二十回に減じてよろしいです」

「ち、知事さま、それは……」

突然に刑を宣告された下役人も、周囲の人間も当然あわてた。

「それは無茶です。その者の罪は罪としても、きちんと審理しなければ……」

「いったん宣した刑を、いきなり減じるというのも……」

「法を司る者としては、厳正に手続きを行った上で……」

「手続きは無用でしょう」

「ですが……」

「それを言うなら、その者が今口走ったことはどうなります？　審理も手続きもなし、権限もないのに刑を増やそうとしたのですよ」

「それはそうですが……」

「役人が、その力をかさにきて脅すのはもっとも忌むべきことかと。とにかく、私の言うとおりにしていただきましょう」

言葉遣いは穏和だが、これは絶対に譲らないだろうと思わせる毅然としたものが声音の中にこもっていた。こんな声は、懐徳も初めて聞いたほどだ。

抗弁していた周囲の者も、これはだめだとあきらめた。もちろん、事の元凶の下役人も呆然とした表情を隠さない。本来の罪人にいたっては、何が起きているのかさえ把握してないようにきょろきょろと周囲を見回していた。

懐徳は当然、この場に口を出す立場にはないが、

「では、ただちに刑の執行を」

言い置いて席を立った上司の後を追った。

音から察するに、命令のとおりになったらしい。なにしろ、罪人を拘束しておくにも費用がかかる。こういう簡単な刑はとっととすませて、官衙から放り出すにかぎるのだ。

なにやら抗弁する声が、やがて規則正しい音にとってかわった。

「……知事」

懐徳が顔をしかめながら上司に話しかけると、軽く右手が振られた。

黙れとでも言われたのかと、思わずむっとすると、

「希廉どの、だれか、手のあいている人はいますか？」

妙なことを訊かれた。

「は？」

「これから出かけてもらいたいのです」

「使いですか？」

「信頼がおけて、表の、特に下役人たちにあまり顔を知られていないのは誰でしょう。

刑が終わったら、あの男の後をつけさせてみてほしいのですが」

「と、おっしゃいますと？」

「後で説明します。ほら、すぐに放免になってしまいます。だれか、適当な人はいませんかね」

簡単な刑だから、終わるのも早い。

「わかりました。書生ならほとんど知られていないでしょう。今、奥にいる者ならだれでも十分お役に立つと思います」

「早くお願いしますよ」

言い置くと、包知事はもうくるりと背中を向けて手の中の書類に目を通している。歩きながら読むものだから、廊下の敷石にあやうくつまずくところだった。

四十代になっても書生に見える包知事が書生をかかえているというのも、なにやら妙な気もするが、これは知事の方が悪い。とにかく、後続を育てるのもある程度の地位にある者の責任というものだから、官衙の後背にある知事の公邸には常時、何人かの書生や幕僚がいた。

懐徳は知事に急かされてあわてて奥へ戻ると、最初に顔を合わせた若い書生に手短に事情を説明して外へ送り出した。

そもそも幕僚とか書生とは、体のよい居候（いそうろう）のようなものだ。特に書生は、幕僚のようにある程度の能力や特技があるというものではない。中にはのらくら遊んでいる者も多いのだが、包家の居候は懐徳を筆頭に有能だった。最年長の懐徳が温厚で人あたりがいいのと、表の役人たちとちがって知事の人柄と能力を熟知しているのが大きかったかもしれない。

ひょっとしたら知事の能力にだまされ慣れている、といった方が正確かもしれない。

「あの下役人め、とんだくわせ者でしたぞ」

数日後の夜、懐徳がその報告に知事の書斎まで行くと、

「刑を受けた男とでも会っていましたか？」

書き物から目を離さずに、包知事は応えた。

「なんでおわかりになりました」

核心をずばりと言い当てられて、懐徳は目を白黒する羽目になった。

「彼の言動が不自然だったからですよ」

「大声で怒鳴ったことですか？」

「それもあります。もうひとつ、私が役人の綱紀（こうき）に厳しいことは、もうみんな、よく承知しているはずです。なのに、わざわざ私の目の前で罪人、それも微罪の者を怒鳴りつけたのは何故でしょう。抗弁なら、ほかの者も程度の差はあれやっていたのに」

「なるほど」

懐徳は、騒動が起きる少し前ぐらいからしか、あの場の様子は見ていない。

「それで？」

感心していると、先をうながされた。

「ひょっとして、ふたりの話の内容もご存知なのでは？」

と言いたくなるのを我慢して、

「はあ、あのふたり、それぞれのお仕置きを受けたあとは、順次、放免されました。先に放免された罪人の方のあとをつけさせまして、とりあえず住まいを確認した上で何日か見張っていたところ、昨日、ふらりと出かけたと思うと、安い酒楼に陣取ったそうで。こちらも続いて入って男の背後に席をとったところ、待つほどのこともなく役人の方もやってきました」

言葉すくなに相席になると、すぐに罪人の方が金包みらしいものをさっと役人の方に渡した。役人の方はその重さを確かめると、さっさとしまう。

「助かったぜ」

「なんの」

「しかし、うまくいったな。あの知事さまをだましおおせるとはたいしたものだ」

「なに、ちょろいものよ。生真面目な奴は上っつらしか見ないものだからな。つけこむ隙はいくらでもある」

他にもなにやら、知事の悪口をいっていたらしいが、懐徳は報告する気にはなれなかった。不埒なふたりは軽く酒を呑むとすぐに別れて席を立ち、書生も憤慨しながらもどってきたというわけだ。

懐徳の短い話をうなずきながら聞いていた知事は、生真面目というところで軽く笑った。

「生真面目に見えますかねえ、私が」

「まあ、清廉潔白、というのは皆に知れ渡っているとは思いますが。ですが、連中がつけこんだつもりのところを、実はしっかり見抜いていた、と言うなら、ひょっとしたら知事どのはあまり真面目ではいらっしゃらないのかもしれませんな」

今度は、知事は声をたてて笑った。

笑ったはずみに、手に持っていた筆から墨がぽたりと落ちた。

幸い、広げた紙の上ではなく几（つくえ）の上に落ちたから墨はすぐに拭き取れたが、おかげで話が中断してしまった。

「……それで、どうなさいますか」

片づいてから懐徳が話を戻すと、

「何をですか？」

もう忘れたのか、怪訝そうな顔が返ってきた。

「上を欺いた者には、それなりの処罰が必要かと思いますが」

「ああ、そのことですか」

かろうじて無事だった紙をそうっと持ち上げて、文字の墨の乾き具合を見ながら、上の空で応える。

「あのままでいいのではないですか？」

「本当によろしいのですか？ 役人の不正を放置なさると？」

予想外の反応はこの人の日常だが、そのたびに驚かされる。

「それなりの罰はすでに受けていますでしょう。わざわざ、自分から痛い思いをしたのですから」

「しかし、金銭を受け取っております。こういう役得は……」

「そういえばそうですね」

紙を再び几上に戻し、あちこちと周囲を見回す。

「たしかに、不正な収入はいけませんね。それに、これに味をしめて二度、三度とくりかえすようなことがあってもいけませんし」

「まったくです」

と言いながら、懐徳は印を収めた箱を差し出した。

「私が印を押した方が」

「ああ、では頼みます」

公の書類ではなく、内容からみてどこぞから揮毫を頼まれたものらしい。だから、というわけではないのだが、あっさりと包知事はうなずいた。下手に手にとると、印を落として欠けさせてしまいかねないことは、ちゃんと自覚があるわけだ。

「さて、金銭をとりもどしてやって、二度とこんなことを企まないようにするためにはどうすればいいでしょうか。考えてもらえませんか、希廉どの」

「私に訊くまでもなく、すでにお考えがおありなのでは」

「助力していただけますか」

「お断りすることは可能でしょうか？」

できるだけ皮肉っぽく訊いたつもりだったが、知事はまたちいさく声をあげて笑っただけだった。

幕僚の孫懐徳が、辞めて故郷に帰りたがっているという噂が流れたのは数日後だった。

「あの、最年長の幕僚どのが？」

「知事どのと何事かあったか」

「たしかに知事どのは変わり者だが、その気性をよくのみこんでいる人だと思ったが」

「いったい、どうしたのやら」

役人たちの間でも、温厚で苦労人、知事と上手に付き合って役人たちとの間をとりもってくれる幕僚はよく知られていたし、それなりに好意的に見られていた。

「なんでも、判決文の下書きの段階で書き損じたか他の案件ととりちがえたか、とにかく刑を軽く書いてしまったのだとか」

まことしやかな噂が流れる。

「事が終わってから気がついたのだが、知事どのに言うに言えぬ状態だとか」

「あの知事どのではなあ。身内とはいえ、いや、身内だからこそ、厳罰を下しそうな」

「年齢(とし)も年齢だから、隠居するには遅すぎるぐらいで、これはいい。いつ辞めてもいいようなものだが、故郷に帰るにも先立つものが必要ときている。ところがだ」

「貯めこんでいるわけがないな、あの知事どのの下では」

「だから、帰るとも辞めるともいえず、思い悩んでいるのだとか」

「気の毒になあ」

同情する声はあったが、だからといって救いの手をさしのべようという者もいなかった。ただ、それまで真面目一方だった孫懐徳が三日に一度、夕刻、公邸を抜け出し微醺(びくん)を含んで戻ってくる姿を見ていただけだった。

「知事さまのところの孫どのですな?」

場末の酒楼で例の下役人が懐徳に声をかけてきたのは、ことの発端からふた月ちかく経ったころだろうか。

正面からではなく、背中合わせでなるべく顔を見せないようにしてというところがいかにもで、懐徳は笑いそうになった。

「ん？」

「官衙でよくお見かけしておりますよ。知事さまの仕事は、孫どののひとりが支えておられると、もっぱらの噂で。しかし、毎日、気を使い通しでお疲れでしょう。いや、お察しいたします」

懐徳は身じろぎはしたものの、言葉は発さなかった。だが、相手はそれにどう納得したのか、一方的に話しかけてくる。

「聞いた話では、お故郷も遠いとか。俺の知り合いにも、遠くから、妻子をおいて都へ働きに来ているものがいましてね」

来たな、と思ったが、これまた反応せずにいると、

「それが、可哀相に喧嘩に巻きこまれたあげく、相手を傷つけてしまいまして。まあ、酒が入っていたのが悪いんですが、ひとり暮らしの侘びしさを考えたら無理もない。相手が大怪我をして捕まってしまい、今は官衙の牢にはいっていまして、数日中にも判決が言い渡されるってことらしいんですが……この件、ご存知で？」

懐徳は無言。

「たぶん、この調子だと何ヶ月かは牢入りってことになるんでしょうが、そうなると故郷に残した妻子が不憫なことになるんで。なんとかして助けてやりたいんですけどねえ、無理でしょうかねえ」

次の言葉までには、少し長い沈黙があった。

「やっぱり無理でしょうなあ。たしかに、それでなくとも大変な方に、無理はお願いできませんものな。疲れて、書類を書きまちがえたりしては一大事ですし」

今度は、懐徳の機嫌をとるようにたたみかけて、

「知り合いは働き者で小金を貯めているもので、罪が軽くなるものなら、物惜しみはしないと言っていたんですが。そんなことを言っても、袖の下は通じますまいね、あの知事さまがいらっしゃる限りは。まあ、あきらめるよう申しておきましょう」

と、男が腰をあげかける気配がする。

相手が終始、顔を合わせようとせず、懐徳の微妙な表情が見えないのは幸いだった。

「とにもかくにも何事かあったら、またここへ来てくださりゃ、お力になれると思いますぜ」

それじゃあ、と、男は立ち去っていった。

その数日後、判決の言い渡しの場で、またもやちょっとした騒動が起きた。半年の牢入りを申し渡された男が、猛然とくってかかったのだ。くってかかった相手は、かたわらに立つ下役人だった。

激して言葉は支離滅裂になっているが、要約すると、

「心配はいらん、金銭さえはらえば刑を軽くしてやると言ったではないか。これでははじめの予想よりも重くなっている、どういうことだ」

こういうことらしい。

抗議された方はといえば、

「知らぬ、そんなことを言ったおぼえはない、何かのまちがいだ」

と、当初は必死に抗弁した。だが、

「やったことなら、素直に認めた方が罪は軽いですよ」

包知事があわてふためく周囲を制して、静かに声をかけると腹をくくったか、

「申しあげます」

と、その場に膝をついた。

「申しあげます。たしかに、俺……いや私は刑を軽くしてやるともちかけました。ですが、金銭はびた一文受け取っておりません。これでも罪になるのでしょうか」

「あなたが、罪状の裁量をできる立場で、そうもちかけたなら罪に問われると思います

「では、私は無罪です。ご存知のとおり、私はしがない下役人で、何も権限はもっておりません」

しらりと言った。とたんに、

「嘘をつくな、知事どのの身内に工作を頼んだから大丈夫だと言ったじゃないか」

罪人の口から真相が暴露される。

「それは、ほんとうですか？」

包知事が念を押すと、また居直って、

「ほんとうですが……よろしいのでしょうか、すべてお話しして……」

上目づかいに知事の顔色をうかがった男は、あまりに知事が平然としているのに、内心で首をひねった。あわてるどころか、むしろうれしそうににこにこと穏やかな微笑を浮かべている。

これは、ひょっとして……と、思いあたったが、もう遅い。

「包みかくさず話した方が身のためだと思います」

「では、申しあげます。知事さまの幕僚の孫懐徳どのとおっしゃる人が、判決を書き換えてくれる約束となっておりました」

おお、と一斉に周囲からどよめきが起きる。知事が窮地に追いこまれたと知って、驚くと同時に、反応を期待する響きがこめられていた。できれば、この小うるさい知事があわてふためき、みっともない言い訳をしてくれることを期待した声だった。

「たしかに、孫懐徳という者は私の幕僚ですが。あなたが話をしたのは、本当に孫懐徳でしたか？」

「まちがいありません」

きっぱりと胸を張る。

「きちんと逢って、話をしたのですね。日時と場所を言えますか？」

「もちろんです」

これまた勢いこんで答える顔に、またもや質問が投げかけられた。

「では、その時のやりとりを話してもらえますか」

「え……」

そういえば、相手の言質はとっていない。いないどころか、声もほとんど聞いていない。

会話をでっちあげることもできないではないが、なにより、瞬間たじろいでしまっては、とりつくろうのはむずかしくなった。

「で、報酬はいくらだったのですか？」

「……は？」

「ですから、そこまで主張するなら、いくらでどういう風に量刑を変えると、きちんと約束ができているはずですね。いったい、いくらで刑が買えるものか、参考までに聞いておきたいのですが」

「それはその……」

「まさか、金銭(かね)を渡していないと？　それがほんとうなら、そして、さっきのあなたの主張に添うなら、孫懐徳を罪に問うことはできないと思いますが」

「……あ」

初歩的な論理の罠(わな)に、まんまとひっかかったことに気づいて、男は絶句した。

「さて、どうします？」

「……おそれいりました」

しばらくは凍りついたようにじっと固まっていた男だが、やがてへなへなと平伏した。

「こんな詐欺まがいの手は、二度は使えませんよ。それだけはご記憶ください」

囮役(おとり)を無事にまっとうした懐徳は、一件がすべて片づいた後、苦い顔で釘をさした。

「まして、芝居など私には無理です。どれだけ冷や汗が出たか」

「だから、ひとことも口をきく必要はないと言っておいたではありませんか。どうせ、面とむかって話をする度胸もないとわかっていたし、さほど難しいことではなかったでしょう」

そもそも、最初の一件で味をしめていることはわかっていたし、そこから推察し、例の下役人が逮捕者と接触するかどうかに目を光らせるのは簡単だった。彼が言質をとられないよう、証拠をできるだけ残さないようにとしているのを確認した上で、それを逆手にとるのはさほどむずかしいことではない。

「それにしても……。居直った者が公の場で口からでまかせを述べるとは予想されませんでしたか。嘘でも、私がああいったこういったと証言されれば、それを覆すのにどれだけの手間がかかったことか」

「おや、気がついてなかったんですか？」

「なにをですか」

嫌な予感がした。

「希廉どのが出かける時には、必ず、書生のうちのだれかがそっと後からついて行っていたんですが。もちろん身内の証言だけでは弱いですから、酒楼の主人なり大伯なりにも事情を話して気をつけていてもらいました。だから、反証は簡単だったと思いますよ」

一気に身体中の力が抜けるような気がした。

気がついていなかった。

顔を見れば気づいたはずだが、まさか、身内に見張られるなど考えもしていなかったから無理もない。

「……つまり、私をもだましておられた、と？」

「だましたなどと人聞きの悪い。囮役を引き受けてもらったからには、その人の安全を確保するのが依頼した側の義務ですよ」

そういうことを真面目な顔をして言うからかえって信用できないのだと、懐徳は腹の底で思った。

「まあ、当分は同じような事態が起きるとは思えませんから、大丈夫ですよ。どちらにせよ、希廉どのは私の腹心と知れわたってしまいましたから、もう同じ手は使えません」

「どうせ、その時になったら別の手を考えついて利用するんでしょう」

とは、懐徳は言わなかった。

たぶん、その時になったら、望むと望まざるとにかかわらず、この知事に協力することになるのだろう。白を黒、黒を白と言いくるめるのは、この人の得意技なのだから。

「では、喧嘩で人を傷つけた方は恩赦で減刑、役人の方は罰金と訓戒ということでよろしいですね」

「今回はよろしいでしょう。あまり追いつめて自棄（やけ）になられても困りますから。再びこんなことをやったら、その時こそ即座に処罰することにしましょう」

甘いなとも思いながら、書類の文字をひとつひとつ確認して懐徳は知事の目の前にさしだした。

「これに印をお願いいたします。ずれたり押しまちがえたりしたら最初からご自分で書き直していただきますから、お気をつけて」

「厳しいですねえ」

どちらが厳しいのかと言いたげな懐徳の目を笑いとばして、包知事はゆっくりと官印の箱に手を伸ばした。

青天記（せいてんき）

宋の都・開封の統治は通常、東西に分割されている。一方を開封県、もう一方を祥符県。それぞれの県には長官がおかれており、行政と警察の仕事を一手に担っている。その長官のことを「知事」、もしくは「知」と呼ぶ。

開封府の知事は、包拯、字を希仁といった。仕事ぶりは厳正、公平で庶民からの評判はしごくいいのだが、上からの評価がどうも芳しくないという奇妙な人物だった。

「上からといっても、一部の貪官汚吏からではありませんか。気にする必要はありませんよ。むしろ、人の上に立つ者なのですから、厳しく律されるべきでしょう。文句をいわれる筋合いはありません」

「また、そんなことをおっしゃる」

孫懐徳は白くなった眉をひそめて注意した。

「朝廷の高官や皇室の縁につながる方々を、貪官はともかく汚吏呼ばわりはないのではありませんか」

俗に「官吏」と一口にいうが、官と吏とでは身分がまったくちがう。官とは難関の科挙を合格した、いってみれば国家の頭脳となる上級の官僚である。吏とは官の下で役所の下働きであり、学問よりは事務処理の能力や、命令をいかに忠実にこなせるかを求められる。

たしなめられた知事の包希仁は、当然、官の一人である。一方、たしなめた側の孫懐徳はかつて吏の一人だった。現在は、この包希仁の幕僚という立場にある。個人的に雇われている私的顧問といったところだが、この懐徳の場合にかぎっていえば秘書兼世話係、もしくはお目付け役といった側面の方が強い。

孫懐徳とのつきあいは、この開封県の知事さまがごく若いころ、広東の端の田舎の県に赴任してきたことから始まった。その頃、懐徳はその広東の田舎の胥吏であり、土地の事情や言語に通じていない包希仁の世話役として行動をともにすることになったのだ。それ以来、包希仁が任期を終えて広東を離れてからも交流が続き、やがて包希仁の招聘を受け、胥吏を辞めて幕下に入ったという経緯がある。それだけの実務能力があり信頼もされているという自信も自負もあるし、ありがたいことだとは思っている。いるのだが、だからといって身も蓋もない本音を自分にだけ漏らすのは止めてほしいとも、懐徳は思うのだった。

そんな孫懐徳の内心を知ってか知らずか、包希仁は柔らかな笑顔を浮かべた。

「まあ、吏ほどの働きもなさっていないのだから、汚吏というのもあたらないかもしれませんがね」

「ですから、そのようなことを大きな声でおっしゃらないでくださいと」

「余人がいるわけでなし、ここは私の部屋なのだし、これぐらいのことは言わせてほしいのですが」

口調も態度も、いつもどおりにもの柔らかなのだが、この知事が珍しく怒っているのが懐徳には手にとるようにわかった。

もともと物腰こそ穏やかだが本性は皮肉屋で、素直にはものを言わない性格である。懐徳などは何度からかわれたり騙されたりしたかわからないが、基本的には人を裏切ったり傷つけたりはしない人物だった。それがここまでの言い方をするからには、腹の中には相当な憤懣がわだかまっているのだろう。それが理解るだけに、そして懐徳自身も腹にすえかねる思いをしているだけに、そう言われると強くは出られない。

「それで……この件をどう、処理なさるおつもりですか」

「どう、といって……法に照らしあわせて、きちんと裁けばいいことだと思いますがね。そのために法というものがあるのですから」

「やはり、そうなさいますか」

「他の方策があれば、そちらでもいいですが」

半分はからかうような、半分は真摯な質問の視線が向けられたが、懐徳は黙って首を横に振った。

事の起こりは単純な暴行事件だった。

珍しい古玩を売る売らないで喧嘩沙汰になり、客が店主を殴ったというものだ。

店主の訴えにより、客はすぐに捕らえられ開封府の官衙の牢内に収容された。店主の怪我はたいしたこともなく、通常ならば客に賠償をさせてすぐに解決という話なのだが、この客が問題だった。

いわゆる「賢きあたり」に連なる人物だったのである。

といっても、現在、この宋の国の皇位にある趙姓を名乗る人間ではない。

今上帝の妃の一人に龐貴妃という婦人がいる。複数いる皇妃のうちでも帝の寵愛厚く、皇后に次ぐ権勢を誇っているという噂の妃である。もっとも、今上帝は華美をあまり好まず政にも学問にも熱心であり、内外のけじめもはっきりとつけている。寵妃が政治に容喙したり横暴を通したりということはほとんどないと言っていい。

ただ、今上帝は十代なかばの若さで即位したため、成人するまでは皇太后が摂政となり朝廷の閣老たちの手で政治が行われていたという経緯もある。すでに成人し親政を開始して長らくたっているのだが、今までの恩義もあって閣老たちにはどうしても遠慮があるらしい。また、この帝は事情があって生母の顔を知らずに育つなど、肉親の縁薄い人でもあった。故に、家族や血縁の情に流される傾向もないではないと聞く。

権力というものは、本人にその気がなくとも利用したいと思う者を引き寄せる。帝は公正であっても、また寵妃自身は恭謙でも、その血縁の端につながるというだけで「俺様をだれだと思っている」と威を借る者を皆無にするのは無理というものだった。

要するに、古玩商を殴った客というのが龐貴妃の一族に連なる男だったというわけである。ただし、

「一族といっても、妃殿下の従兄弟だか又従兄弟だかのお一人の、娘の嫁ぎ先の伯父の側室の中の一人の甥だか従姉妹の子だとかで」

一族の従兄弟・従姉妹ぐらいまでは兄弟姉妹と同等に扱うから、又従兄弟ぐらいまでなら一族と言えばいえるのかもしれないが、これはさすがに遠縁とも呼べない真っ赤な他人だ。それでもこういう場合、「なんとか穏便に」と伝手を頼って泣きつかれれば、頼られた方は見栄と面子もあって「任せろ」と請け合い、また上にすがることになる。そうやって上へ上へとすがっていった結果、今をときめく寵妃のご実家からのお声掛かりということになってしまったものらしい。

しかも、

「怪我の程度も微少だし、これぐらいならすぐに釈放できるはずのものが、よけいなことをもくろむものだから……」

権力のあるところを見せつけてやる、という連中を間にはさんだものだから、事が大きくなってしまったのだ。被害者の店主を捕らえて賠償させせろという話が持ちこまれて

は、いくらなんでも役所としては呑める話ではない。

「まったく、どういう道理でこんな無茶を考え出したものやら」

と、ぼやく包希仁だが、実はそういう手合いの思考回路は熟知していた。

まず、「恥をかかせた」という因縁、「こんな事態になったのは、相手が売り惜しみをしたせい」、「相手に原因があるのだから、賠償の必要などない。それどころかこちらが謝罪を受けてもいいはず」、「謝る機会を与えてやるからありがたく思え」という論理である。

「後は、金銭(かね)の問題でしょうかね」

いくら親しくても、こういう頼み事をするのに無料(ただ)というわけにはいかない。親しくないならなおのこと、それなりに礼金や礼物を積まなければ請け合ってはもらえない。今回、どれだけの金銭をばらまいたかは知らないが、貴妃の実家に至るまでには数段階あったことから見て、費用は莫大なものになっていることは推察できる。これで、希望通りに釈放されれば、さらに謝礼が必要になる。それを、この機会に被害者から調達してしまおうというあくどい考え方なのだろう。

「だとすれば、このまま釈放しない方がご本人のためともいえますね」

と、人の悪そうな微笑を希仁は浮かべた。

「そんな。法に依(よ)るなら、いつまでも府の牢に捕らえておくわけにはいきますまい。私が申し上げるまでもないことですが」

　あわてて、懐徳はたしなめた。

　本人がすでに口にしているのだし、知事自ら法を破りかえすような真似はしないだろう。それは十分わかっている。わかってはいるのだが、念のための一言は、懐徳自身のためにもどうしても必要だった。

「そんなことはしませんよ。心配は要りません」

　今度の包希仁の表情は、はるかに穏和だったので、一応信用することにした。しかし、

「……差し出口の上に差し出口かとは思うのですが」

　ほっと胸をなで下ろしながらも、懐徳はさらに一言、言い出さずにはいられなかった。

「もしも可能でしたら、上の方のお人にひとことご相談なりご報告をなさってみてはいかがでしょうか」

　実はこの包希仁には、朝廷のかなり高位のあたりとの繋がりがあることを懐徳は知っていた。いや、察していた、と言った方がいいだろうか。

　希仁自身は一度も口にしたことはないし、その伝手とやらを駆使して便宜を企ったことも、利益を得たことも、少なくとも懐徳が知る限りは一度もない。確かに、この開封県の知事をはじめとして顕官、高官を歴任してきてはいるが、それはだれが見ても文句のつけようのない実績や功績があってのことだ。なにより、若い頃に優秀な成績で科挙

を突破しているのだから、出世するのにだれかの贔屓(ひいき)はあまり必要ない。むしろ誰か特定の権力者と接近すると、無用な政敵も作りかねないからと人付き合いも最小限に控えているぐらいである。

そもそも、具体的に誰の知遇を得ているのか、名前も存在も懐徳は知らないのだ。長年そば近くで働いている懐徳ですらその程度の認識ということは、いかに先方との接触が少ないかという証左になるだろう。

にもかかわらず、「誰か」の影が包希仁の周辺には確かにちらついている。

たとえば、今、希仁の書斎の几上(きじょう)に載っている物だ。

昔から包希仁という人物は質素、簡素を好み、私的な場では書生のような衣服で通し、身の回りの物も飾り気のないごくごく普通のものを使っている。ずっと以前、硯(すずり)の中でも最上級とされる端渓硯(たんけいけん)の産地の知事として赴任していたのだが、在任中も離任する時も一面たりとも所有物とはしなかった。実は懐徳と知り合ったのもこの時で、離任時には懐徳がせめて一面だけでも餞別(せんべつ)として持たせようと苦労したのだが、結局すべて無駄に終わっている。

「別に、好き嫌いで言っているのではないのですよ。なにしろ私は粗忽(そこつ)者ですから、壊れるようなもの、汚れるようなものを用いない方がいいだけの話です」

顕官を歴任すればそれなりに贈答品があるものだが、希仁は極力受け取らずにすむように立ち回っている。丁重に返却することもあるし、どうしても受け取らなければならなかったものも、ほとんどは他への贈答品にしたり人に譲ってしまっている。今の懐徳の通常の仕事の大半は、そういった贈り物をうまく断ることだといっていい。

それだけ物に執着のない、見る目もない朴念仁（ぼくねんじん）だと自称する希仁の几（つくえ）の上に、ある日、文鎮が載っていた。

余計な物は持たないし置かない希仁は、文鎮などといった文房具もそれまで用いたことがなかった。紙や書類に重しが必要な時は、硯を利用したりそのあたりの書物や茶碗を適当に載せたりと、なんともいい加減だったのだ。ひどい時は、庭の石が載っていたこともある。

それが、ある日、忽然と文鎮が現れた。それも、ただ物ではない。大人の掌にすっぽり握れるほど小さな、桃の実を象（かたど）った翡翠色の磁器だった。

ひと目で、官窯（かんよう）とわかる逸品だった。

官窯とはその名のとおり、朝廷が管理して製造している焼き物のことだ。宋の官窯で製造される青磁は、深い碧（みどり）色と光沢と、優美でおおらかな造型とで知られていた。

官窯であるから、当然、その製品の流通も朝廷が独占している。宮中で使用するのが主だが、一部は売ることも下賜品として用いられることもある。どちらにしても、朝廷の許可がなければ世の中には出てこないものだ。

その美しい青磁が、紙と硯ぐらいしかない几の上に無雑作に置かれているのはなんとも不釣り合いで、そのくせ妙に心惹かれる光景だった。

その出所由来を包希仁が語ることは一切なかったし、懐徳も訊かなかったが、その文鎮がそれから希仁の几の上から消え去ることはなかった。

他にも、おや？　と思うことがほんのたまにあったが、それを決して具体的に口にはしないのが互いの暗黙の了解だった。

その了解を、懐徳は破ったわけだ。

「お叱りは覚悟の上で申しあげます。ですが、先方のお耳に入れておいた方が良いのではと思うのです。決して、保身から申しあげているのではありません、ですが……」

激怒されることも覚悟した。

正しくは激怒を期待した、といってもいいかもしれない。

包希仁が怒ったところを、今まで見たことがない。多少語気が強くなったり、皮肉の棘が鋭くなったり、せいぜいが不機嫌そうになったりという場面は何度か見ているが、通常の感情表現とは差がありすぎて、親しくない人間から見れば平常どおりにしか見えない。この官衙内でも、知事の微妙な感情の変化を察知できるのは、懐徳を筆頭とする数人に限られているだろう。

だからこそ、こんな場合だというのにどういう反応をするのかという好奇心がふと兆（きざ）

してしまったのかもしれない。

だが、懐徳の予想はあっさりと裏切られた。いや、裏切られることも予想の範疇だったから、これも期待どおりといえばそのとおりだったのだが。

「さっき、法に依れと言ったのは希廉どのではありませんか」

苦笑さえ、包希仁の口もとに浮かんでいた。

「しっかりしてください。自分が言ったことを即座に忘れるようでは困りますよ」

「ですが……」

「希廉どののご心配は理解ります」

この上司は、知り合った頃から部下の懐徳を字で呼ぶ。たしかに懐徳の方が年上ではあるのだが、包希仁の方が上司なのだから姓と役職名で呼ぶか、場合によっては「孫懐徳」と呼び捨ててしまってもかまわないのだ。それを字を呼ぶのは、対等の知人として遇するという意思表示である。以来、一貫してその態度は変わっていない。

「そうですね、たしかに私人としてならば、先方のお耳に入れておくべき話だと思います。私がこの役職にいなければ、即座に申し上げたでしょうね。ですが、私が開封知事であるかぎり、その方に報告するためには手順も手続きもきちんと決められていますし、それを踏み越えていくのは違法です。……まあ」

一旦、言葉を切って、珍しく嘆息すると、

「事が収まった後には、きちんと顛末の一部始終を申し上げるべきかとは思いますがね」

「収まりますでしょうか」

「収めるしかないでしょう？」

にっこりと笑って、包知事は立ち上がった。

書斎の戸口に人の影がさした。

「相公（との）……」

若い書生が、丁寧に拱手（きょうしゅ）しながら一礼していた。

「宗之（そうし）ですか」

「そろそろ、お支度を」

「まだ少し早いのではありませんか。もう少し、のんびりさせてもらいたいものですが」

「早めに申し上げないと、いつもそうやって渋られるではありませんか」

簡素な麻の衫（さん）をまとった、身のこなしのきびきびとした青年だった。

名を楊統（ようとう）、字を宗之という彼は、包希仁の世話で科挙のための準備をしながら懐徳の仕事の助手も務めている。最近、とみに目が悪くなった懐徳にかわって、知事の身辺を取り仕切るようにもなっていた。

もともとは楊宗之の父と懐徳が知己の間柄だったのだが、その父を幼くして亡くし家が没落して以降、身を持ち崩していた。そのままであれば、今ごろは遊侠か破落戸（ごろつき）あたりにまで落ちぶれていただろう。人生とは不思議なもので、宗之が立ち直れたのは無実の罪で牢に繋がれたおかげだった。当時、まだ広東にいた懐徳が、事件の噂を聞いて開封の朝廷にあった包希仁に真相の調査を頼みこんだのだ。

「冤罪（えんざい）かもしれない、冤罪ではないかもしれない。よく調べた上で、事と次第によっては私の手で裁くことになるかもしれませんが、それでもよろしければ様子を見てきましょう」

希仁はそう、返事に書き送ってきた。

結果、楊宗之は晴れて潔白と証明されたばかりでなく、学業に励むことを条件に開封の包希仁のもとに身をよせ支援を受けることになったのだった。

本来は聡明で一本気な性格の若者である。一度は捨てたつもりの生命を軽やかに救ってくれた包希仁に、今ではすっかり心服している。穏やかではあるが皮肉屋という包希仁の為人（ひととなり）も素早くのみこみ、時にはうまくあしらえるようにまでなった。

なにより、楊宗之はまだ二十代の若さであり、以前は武術の方を熱心に学んでいたということもあって、この無防備な知事の身辺の護衛も任せることができた。もちろん、一国の都のなかばを治める長に護衛がつけられていないはずはない。命令一下、動かせる官兵も捕吏も大勢いる。だが、彼らを四六時中、私生活にまでわたって使役するわけにはいかないし、包希仁本人も他人を身辺近くに立ち入らせることを嫌った。

「まあ、あの為人というか本音というかをよく知らない人間が見聞きすれば、ほとんどの者が誤解をしかねない。やたらと知らせない方がよいということも、世の中にはあるものだ」

懐徳はそんな言葉で、自分を納得させていた。

とはいえ、宗之の人柄と力量を自分の目で見てとったとたん、知事の身辺の世話を任せるようになったのは、彼なりに心配もし腐心もしていたということだろう。宗之の方も、包希仁の身辺で様々な経験ができることを知ってか、可能な限り積極的についてまわるようになっていた。

包希仁の方はといえば、

「希廉どのに比べれば小言が少ない分、宗之の方がまだ気楽ですかねえ」

という皮肉で宗之の存在を受け入れていたのだった。

「とにかく、まず官服にお召し替えください。ああ、その几のそばではなくてこちらの方においでを。だいたい、墨を含ませた筆をそこに放り出されてはだめでしょう。几の上にあるものばかりか、衣服まで汚れてしまいます……」

包希仁が立ち上がったとたん、矢継ぎ早に声をかけた孫懐徳に、希仁と宗之が同時に苦笑を浮かべた。

殴られて怪我をしたという古玩商は張三（ちょうさん）、殴った男の名は秦元興（しんげんこう）と言った。古玩商というとつい枯れた老人を連想してしまうのだが、この張三はまだ三十代前半だった。一方、殴った秦元興は五十代、この時代ならそろそろ老年にさしかかる年頃だった。本来なら分別を働かせるべき年齢が、逆に寵姫の関係者であるぞと主張して無理無体な要求をしているわけだから、その人品は推してはかれようというものだった。

「双方のいい分はよくわかりました」

張三を呼び出し牢から秦元興を引き出させ、直接にふたりを対面させながら両者の話を交互に聞き取った後、包知事はそう言った。

直接に対面させたのは双方の言い分の食い違いを確認するためであり、

「できれば、話し合っている間に和解に至ってくれればありがたいのですがね。その方が私も楽ですし」

という意図があったのだが、当然のことながら結果は和解などほど遠いありさまとなった。

同席した関連の役人たちは、上から下までうんざりとした顔つき半分、これをどう知事が裁くのか興味津々が半分といった状態だった。

やれやれといった風を隠そうともせず、包希仁は口をひらいた。

「これから申しあげることは、この開封県の決定として解釈してくださって結構です。そもそものこの一件の起こりは、秦元興が張三の所持する某の書を購おうとしたところ、張三が売却しようとしなかったこと。これは間違いありませんね」

痩せぎすで猫背で、年齢のわりにどこか陰気な張三がさらに背を丸くし、身体全体を傾けるようにして肯定した。額に仰々しく汚れた布を何重にも巻き付け動くのもおっくうそうにしているが、半寸ほどの切り傷がある程度で十日もあればきれいに癒えるとは、官衙の医者の診立てである。

一方、秦元興はといえば安手の絹物に身を包んでそっくりかえっていたが、こちらも軽く頭を揺らし、

「その通り。そもそも、奴めが人の足下を見て値を釣り上げようと欲をかくからこんなことになるのだ。素直に最初の値でこちらによこしておけばよいものを」

今まで何度も繰り返してきた主張を、冒頭から並べたてようとしたのをさえぎって、

「では、申し渡します。張三は、件の書を秦元興に売り渡すこと。価格は……」

元値とされている価格のほぼ倍額が提示された。

「それは暴利だ！」

「そんな、少なすぎます！」

同時に、正反対の異議が飛び出した。

「静粛に！」

すかさず、吏が制止の声を張り上げる。

場が静まるのをゆっくりと待ってから、何事もなかったかのように包知事は言葉を続けた。

「最初にその価格をつけたのは張三ですから、それ以上を請求するのは無体というものでしょう。ですが、それなりに怪我もし痛い思いをしたのですから倍額分はその治療費として認めてもよろしい。秦元興の所行は乱暴至極、若者を教え諭す立場の年長者としてあるまじき行為です。ただ、賠償するばかりでは収まらないでしょうから、それほどまでに熱望した品の所有は認めましょう」

「儂は恥をかかされたのだぞ！」

「恥とは？」

「縛り上げられ牢に閉じ込められたのが恥ではないと申すか！」

「事情はどうあれ、人に怪我をさせたのですから妥当な処置かと思いますが」

「儂を誰だと思っている、儂の後ろ盾には……」

「静粛！　静粛！」

龐家の名が出る前に、すかさず吏が声を張り上げたところはさすがだった。

一瞬落ちた静寂の中を、

「貴殿がどなたであろうと、どなたの庇護を受けておられようと法は法です。これ以上の異議があるなら、法に従う気がないということ。ならば、法を定めた御上に叛意ありとしてさらなる裁きを受けてもらうことになりますが、よろしいでしょうか」

変わらず穏やかな包知事の声が通っていった。

声は変化がないものの、だからこその迫力があった。どちらかといえば茫洋とした表情が微動だにしないのも、こうなると確固たる意志の表れに見える。

少なくとも、不平不満だらけの当事者双方に言葉を呑みこませるだけの力はあったようだ。

「このまま、ただで済むと思ったら大間違いだぞ」

と、秦元興が捨て台詞を吐いたのは、その場で問題の書とやらを受け取った時だった。

これ以上騒動が長引くのを防ぐため、本人たちはしばし官衙にとどめおき、それぞれに品物と金銭（かね）を取り寄せさせ吏たちに改めさせた上で交換したのだが、細巻きにした書を手にしてなお、秦元興は恨みがましくつぶやいた。

「大丈夫でしょうか」

その話を聞いて、懐徳が不安そうに訊（たず）ねた。

幕僚という立場では公の審判の場に同席できないため、どうしても話は後日、人づて

に聞くことになり余計に不安感が増すのだろう。しかも、

「大丈夫ではないでしょうね」

心配された本人がそんな形で追い打ちをかけるものだから、気が休まる暇がない。

「どう裁いたところで、どのみち文句が来ますよ。秦元興の要求をすべて呑まない限りはあれこれ言われるでしょうし、だからといってあの無理無体を通すことは不可能ですし」

「では、どうなさるおつもりで」

「さあ、どうしましょうか」

「そんな、暢気なことを言っている場合ではないでしょうに」

「といって、今の私に何ができるというんですか？　あちらが何か言ってよこすかやらかすかしてくれないことには、こちらとしても何もできませんよ」

公式になにか申し入れられていたならともかく、それとない圧力程度では法に基づいて反撃するわけにもいかない。仮に可能だったとしても、それはかえって事を複雑に拡大してしまうだけだ。

「龐家のことはともかく、秦元興はあれだけの捨て台詞を言ったわけですから、身辺に目を光らせておいてもよいかと思いますが」

「……そうですね、それは手配してみましょう」

さすがにその意見には肯いたが、まだ不服そうな懐徳の顔には、

「龐家の方は心配するだけ無駄ですよ。何かあれば、そのうちあちらから言ってくるでしょうよ。もちろん、このまま無事に過ぎてくれる方がありがたいのですがね」

これもまた、包希仁の本音だった。

その期待が裏切られることも、十分承知している口調だったが。

半月ほどは、平穏な日が流れた。

龐家から何か、使者なり文書なりが来るかと身構えていた孫懐徳は、少々肩すかしを喰らわされたような気になっていた。

「何事もなければ、それでいいではありませんか」

楊宗之にそう言われても、

「決着がきちんとついていないからな。どうにもすわりが悪いというか、悪い予感がしてならんのだ」

長身の宗之を見上げて、懐徳はそう嘆息した。

数日後、懐徳の予感は、期待通りに当たることになる。

「張三が殺害されました」

報告が飛びこんできたのである。

張三は独り身で、狭い家で寝起きしていたという。見た目どおりの陰気な性分で隣近

所との付き合いもほとんどなく、事件に気づくのが遅れた。古玩を扱うとはいってもきちんとした店を構えていたわけではなく、繁華街の片隅の小屋掛けにわずかな品物を並べただけの商売で、それも毎日出かけるわけではなかったから、なおさら、数日姿を見せなくても誰も不審には思わなかったのだ。

「間違いなく他殺ですか？　病死や自害の可能性は？」

と、慎重に包希仁は問い質した。

「間違いございませんです。大量の血痕がございましたので」

と、現場を見て来た捕吏が答えた。

本来ならこういう場合、組織の末端の身分の低い捕吏が直接、高官中の高官の知事と会話を交わすことなど考えられない。だが、包希仁は今までも何度か慣例を破っており、今回も事の大きさを重視するという名目で、捕吏を呼び寄せて聴取を開始した。

「……血痕？　本人は？」

「それが、どこにも……」

「では、殺されたとは限らぬではないか。何をもって事件だと騒ぎ立てたのだ」

立ち会った吏の上司が声を荒げるのを手振りで制して、なおも包希仁は質問を続けた。

「他になにか。凶器は？」

「匕首（あいくち）が転がっておりました」

「なぜ、それだけで殺されたと思ったのです」

「二日前の夜、大きな悲鳴が聞こえたと申す者がおりましたです。ただ、張三にはごくたまにではありますが、酔っぱらって声を張り上げることがあったとかで。ですからその時は気にしなかったのですが、それから後、ぱったり姿を見なくなったので心配になって見に行ったところ」

血痕とやはり血まみれの刃物、それに何か重い物を引きずって出ていった痕跡があったという。

「なるほど。殺されたとまでは断定できませんが、張三が行方不明になっているということは事実なようですね」

「いかがいたしましょう」

「ともかく、張三の行方を捜すのが先決でしょう。生きているにしろそうでないにしろ、それがわからないことには話になりません」

指示して捕吏たちを帰したあと、さすがに包希仁は難しい顔をした。

「……犯人は秦元興でしょうか」

懐徳がおそるおそる訊ねる、

「まだわかりません。古玩とか名品とかいうものはとかく面倒を起こすものですし、どうも張三もまともな商売をしていたとは言えないようですし」

相変わらず慎重な物言いをする。

「とはいえ、直近の件が件ですからね。秦元興の動向も確認させましょう」

これは、もともと注意していただけあって簡単に報告があがってきた。

「どうも、張三から手に入れた書を売り飛ばそうと図っていたようで」

四六時中見張っているわけにもいかない。人手が豊富なわけでもないので、まだ犯していない罪を見張るためにつきっきりにはなれないため、どうしてもおおよその報告になる。それでも、秦元興が金策に走っていたことは、容易に推察できた。

「あちこちのお屋敷に出入りしていたようですが、皆さま先日の一件をよくご存知でして」

事を大きくしてしまったがために、下手に関わったら龐家に睨まれるのではないかと忌避され、

「どちらさまでもほぼ門前払いの扱いだったとか」

だが、莫大な謝礼金はなんとしてでも捻出しなければならない。

「それで、方々のお屋敷に出入りするような名の知れた古玩商を次々、自宅に呼び寄せ始めました」

前もって、出入りする者の身元は調べあげるよう命じてあったので、

「この一件を受けて、出入りの者数人に事情を訊いてみましたところ……」

だれもが、ひと目見て真っ赤な偽物とわかったので引き取りをお断りしました、と証言したという。

「やはり、偽物でしたか」

嘆息半分、苦笑半分に包希仁はつぶやいた。

「見抜かれていたのですか」

懐徳が驚くと、

「別に、私が目利きだという意味ではないですよ。本物だったなら、最初から張三は秦元興など相手にしていないでしょうからね」

自邸に招かれたわけでもない、露店でのやりとりがきっかけなのだから、張三は秦元興の名や身分を知っていたわけはない。まして、事件の後にその背後から出てきたほぼ無関係の「権力を持つ縁者」など予測のしようもないわけだ。

「なるほど、本物なら最初から、もっと身元がたしかで金銭(かね)を持っている人物に売りこんだ方が早いし確実ですな。だれでも、喜んで大金を出すでしょうし」

「もちろん、張三の目が不確かで、本物なのに見抜けていなかったという可能性もありましたが。まあ、世の中の古玩の大半は偽物と思ってよろしいでしょう」

物欲がほとんどない包希仁ならではの台詞だが、世の中の人間の多くはそう思わないものだ。秦元興が、偽物をつかまされたと知って激高したとしても不思議はない。古玩商を招いた数日後に、張三の家の近隣が悲鳴を聞いている。

「……捕らえますか」

長い長い沈黙が落ちた。

これほど長く考えこむことは、包希仁には珍しいことだった。

「相公（との）……」

「まったく不問というわけにはいかないでしょうね、少なくとも」

やがて、決断したように立ち上がった。

「秦元興を官衙まで呼び出すよう、命じてください」

「では」

「間違えないでください。あくまで、事情を訊いて確認するために招くのであって、捕らえるわけではありませんから、礼を失しないように。無理強いはしないように」

言い含めた上で、捕吏ではなくそれなりの役職にある者をさしむけた。

「来るでしょうか」

張三の失踪とその事情を知っていれば、一番に疑われるのは自分だというぐらいの判断は出来るだろう。「招かれた」からといって、のこのことやって来るだろうか。

懐徳の心配は杞憂に終わった。

秦元興は文字通り、のこのことやってきたのだ。

「身の潔白を証明しに来てやったぞ」

と、むやみと胸を張ったところを見ると、うまくおだてあげたのだろう。

「儂は何もしておらぬ。張三の家など、行ったこともない。そもそもどこに住んでいたかも知らぬのに、行く道理がなかろう」

というのが、秦元興の主張だった。

確かに、張三は自宅とは別の小屋掛けで商売をしており、事の発端も店で品物を見かけたことだから、家を知っている道理はない。だが、

「書が偽物と知れた翌日の昼間、張三が店を出していたあたりであれこれ聞きこんでいる者がいた、との証言がありまして」

さすがに秦元興本人ではなかったが、その男が秦元興の家の下男だということはすぐに知れた。なにしろ、秦家には下男が一人しかおらず、顔に目立つ特徴があったため、複数から証言をとれたからだ。

「はい、あの、眉間の真ん中に大きな疣がありまして。間違いございません、あの男が張三の家は知らないかと尋ねてまいりました」

と、秦家の下男と会話を交わしたという者は、ほぼ異口同音に言ったのだ。

「どちらにしても、本人が張三の家を知っている必要はありますまい。そもそも、直に手を下すような腕も度胸も、あの男にはないと思われます」

取り調べに当たっている役人が、そう報告してきた。

「だとすると、実行した者を探し出す必要がありますね」

「例の下男ではないのでしょうか。下男の行方も知れない模様ですが」

「どうでしょう。そうかもしれないし、そうでないのかもしれない。そうであったとしても、素直には白状しないでしょうし、そもそも予断を持つのは禁物です。だからこそ、しっかりした証拠を探し出す必要があるんですよ。とにかく一日も早く、張三を見つけ出すことです。ああ、もちろん下男の所在もです」

逸る役人たちに釘を刺す一方で、秦元興を官衙の中にとどめおくことを命じた。

「文句を言われたら、御身の安全のためだと言ってください。まあ、牢に入れるわけにはいきませんから、官衙の中に房を用意させましょう。ただし、見張りは厳重に。外へは一歩たりとも出さないように、また、他から人が入り込まぬようお願いします」

というわけで、窓をすべてふさぎ戸口には常時、官兵が立つ房に丁重に案内された。

「まあ、もてなしまでは必要ないでしょうけれどね」

というわけで、秦元興は丁重な軟禁状態のまましばらくの間、その主張から懇願までをきれいに無視されたのだった。

「さて、これで龐家がどう出てきますかねえ」

その口調がいかにも楽しそうだったので、役人たちは目を剝いたという。

彼らもいい加減、この変わり者の知事の性分は知り抜いているはずなのだが、時々、彼らの予想を超えるのが包希仁という人物だった。

「龐家と、正面きってことを構えるお覚悟ですか」

懐徳が訊ねると、

「間違えないでください。先に喧嘩を売ってきたのはあちらですよ」

「その喧嘩を、わざわざ買う必要はありませんでしょう」

「今更、何を言っているんですか。秦元興の主張を蹴れば、こうなることはわかっていたはずです」

「それはそうですが」

「希廉どのも覚悟をなさった方がいいですよ。いっそ、面倒なことになる前に広東へ戻られますか」

「なんということをおっしゃる」

懐徳は憤然となった。

よくわかっている。

皮肉や悪意でこんなことを言い出す人ではない。老齢の懐徳の身を、彼なりに気遣っているのだ。

「ですが、今の私の立場は公人ですし、配下の者も大勢います。いざとなったら、まずそちらの身の安全をはからねばなりません。希廉どのたちの身にまでは手が回りかねますし」

それをさえぎって、

「年寄りをやっかい払いなさりたいのでしょうが、そうはいきませんぞ。少なくとも、この一件の片がつくまではここにいさせていただきます」

懐徳は大見得を切ってみせたが、

「ですが……そういうことなら、宗之の方をなんとかしてやった方がよろしいのでは」

若い後輩の身は心配になったらしい。もっとも、

「宗之が素直に承知すると思いますか」

そのひとことで、それ以上の反論をあきらめてしまったが。

数日の間、何事もなく過ぎた。

張三の行方は手がかりひとつつかめず、秦元興の主張も一貫して変わらず、膠着状態となった頃。

「龐太師（たいし）からのご招待ですと？」

「ええ、龐貴妃の父君の」

太師とは軍の最高司令官である。

太古から三公といって人臣の就（つ）ける位でもっとも高いのが、太師、太傅（たいふ）、太保（たいほ）の三つ

といわれ、その中でも太師は最高位だが、この時代は単なる名誉職の色彩が強かった。ただ、彼は寵姫の父親として成り上がったわけではない。もともと、今上帝が成人するまで国政を補佐した閣老の一人であり、帝が信頼を置く人物でもある。政治的な手腕もあり、決して帝の寵愛をかさにきて横暴を通しているわけではないのだ。

「何故だか、私は太師には疎まれているようですが」

と、以前、包希仁はこの人物について評したことがある。

韜晦かと思ったら、本気で睨まれている理由がわかっておらず、懐徳は説明に困った。国政を切り回してきた実力者だからこそ、おのれにとってかわりそうな新進気鋭に対しては警戒するものだ。おのれの手のうちに収めてしまえるならその限りではないが、牙を剝く可能性が少しでもあるなら、早めにその芽を摘んでしまうにかぎる。これは、政治の世界では鉄則のようなものだ。

「私が新進気鋭？　もう、そんな年齢ではありませんよ。それに、太師どのに限らず、だれかに逆らったこともありませんし。まして、だれかを追い落とそうなどという気など起こすはずもないのに」

「科挙に合格された年齢を考えてみてください。私のような白髪でようやく、という者も珍しくないのですよ。十分、気鋭です」

「ですが、官途についてからけっこう長くなりますよ。新進とは言えないでしょう」

「左遷や罷免をされたことは、おありでしたか？」

「そういえば、記憶がありませんね」

「では、それだけでも十分に脅威ですよ。追い落とす瑕疵がないのですから」

「ですが」

「相公の考え方で世の人を判断してはいけません」

ついつい面倒になって、そんな言い方になった。

「それでは、まるで私が人外のようではありませんか」

傷ついたといわんばかりに不機嫌になったのだが、きちんと理解したかどうかまではその時の懐徳には判断できなかった。

「それで、招待は受けられるのですか」

この時期に、親しくないどころか毛嫌いされている龐太師からの招待は、なにか下心があってのことと疑うのが当然だ。秦元興の一件を持ち出されるのは必至だし、それに対して明確に応えなければまた揉め事の種になるだろう。そしてこの包希仁が、はいそうですかと龐太師に従う道理がない。

拒絶をすれば、事はさらに複雑になる。包希仁の役職どころか、生命にも危険が及ぶ可能性がある。

「だからといって、招待自体をお断りすれば、それだけで角がたつでしょう」

「やはり、行くおつもりですか」

「まあ、行って話を聞くのも仕事のうちかと思います。それに、秦元興の件がらみと限ったわけでもありませんし」

「それ以外には考えられませんが」

という言葉をのみこんで、

「それでは、せめて護衛の者を多めにお連れください」

「それは駄目です」

身を案じた助言は、ひとことで却下された。

「そんなことをしたら龐太師もいい気はしないでしょう。できる話もできなくなってしまう。できれば、この際ですから腹を割った話がしたいのですよ、私は。それに、ご自身の屋敷内でめったなことは、却ってできないと思いますよ」

おそらく、率直な話をするのは無理だろうと懐徳は思ったが、それ以上の口出しはできなかった。

懐徳らの心配をよそに、その日の夕方、包希仁は数人の官兵だけを連れて官衙を出た。府内の龐太師の屋敷までは、轎（かご）を使った。いくら私的な訪問といっても歩くわけにはいかないし、人混みの中を馬に乗るのは包希仁が嫌った。

轎は、椅の両側に棒を二本とりつけて前後を二人でかくようになっている。四方に覆いをつけてあり、覆いを下ろしてしまえば中の人の姿は隠れてしまう。なので身分のある婦人の外出にもよく使われていた。

夕方とはいえ、開封の通りは人の往来が絶えない。

古来、街中は夜間の往来は治安の点から禁止されていた。街は坊と呼ばれる区画に分けられ土塁に囲まれ出入りは四方の門でのみに制限され、夜間はこの門が閉じられていた。

だが、開封にはその夜行の禁が布かれなかった。門も坊も設けられなかった。開封という街全体を囲む城壁は設けられたが、各方面に設けられた門も閉じられることはなかったし、市も夜を徹して開かれていた。おそらく秦元興が張三から古玩を買おうとしたのも、そういう夜市だったのだろう。

夕闇が迫る中、人の流れを縫って包希仁の轎はゆっくりと進み、とある邸宅の門内に吸い込まれていった。

門内で轎を降りた包希仁は、待ち構えていた家令らしき老人に迎えられた。

「こちらへ」

と、案内しかけた家令だが、

「お連れの方は？　おいでではないのですか」

護衛についてきた官衙の兵たちは轎のところで待たせて、包希仁が一人で進み出てきたので驚いたのだ。兵卒や轎の人夫を待たせるのは当然だが、身分のある主客が供も侍童のひとりも連れていないのは異例だった。

「お招きをいただいたのは私ひとりですし、私的なお招きと伺いましたので」

包希仁は率直に告げたつもりなのだが、家令は露骨に嫌そうな顔をした。皮肉を言われたとでも受け取ったのだろう。

「……さようでございますか。では、こちらへ」

いかにも渋々といった態度で案内されたのは、邸宅の奥に設けられた園林だった。小さな池のほとりに建てられた一棟の南側、水面に張り出した台宇に卓がひとつに椅が二脚だけ用意されており、

「直に言葉を交わすのは、これが初めてになるかな」

椅のひとつから、くつろいだ様子の壮年の男が立ち上がった。

中肉中背の男だった。長身の包希仁に比べると小さくさえ見える。髪は半白で、特に威があるわけでもない、ごくごく普通の人物だった。簡素な衣装をまとっていることもあり、権力者というよりは実直な官僚といった印象である。

その平凡な容姿の男に、包希仁は丁重に挨拶しながら、

「お目にかかるのは、殿試の時以来かと記憶いたしますが」

殿試とは科挙の最終段階の試験のことで、帝の臨席を賜り宮中で行われることからこの名がある。帝のみならず、高官がその場に陪席(ばいせき)することもめずらしくない。包希仁が科挙を受験した頃、今上帝は若年だったため、補佐の閣老もその場に姿を見せていた。その時の記憶を、包希仁は甦らせたらしい。

「そのとおりだ。よく憶えているものだな」

「取り柄といえばそれぐらいなものですから」

「まったく……」

嘆息と苦笑とともにまた椅に腰をおろしながら、龐太師は手振りで包希仁にも着席を勧めた。

「まずは、一献」

酒と肴が用意されていた。

「私は不調法なのですが」

「無理強いはせぬ。が、せっかく用意したのだ。一杯ぐらいはつきあってくれぬか。そなたが呑まねば、儂(わし)が呑みにくい」

いたって気さくな態度だが、裏があることぐらいは十分に承知している。仮に酒に強かったとしても、うかつに呑むのは褒められたことではない。

だが、包希仁は言われるまま、小さな杯に手を伸ばした。

酒は上等で、特に怪しい味はしなかった。もっとも、ふだん呑みつけていない希仁には味の判別はしにくかったが。一方、肴の方はまちがいなく上等なものがそろえられていた。羊肉や鵞鳥の肉の煮物や炙り物、羹(あつもの)、包子(ぱおず)、小饅頭、瓜の芥子漬け、蓮の実やとりどりの干した果物や木の実やらと、小さな卓子いっぱいにこれでもかというほどの数の小皿が並べられていた。どれも、種類も味も選び抜かれているのが見ただけでもよくわかった。

「不思議なものだな」

龐太師が杯を置いて小さく嘆息した。

「お互い、長らく朝臣でありながら、このような機会で初めて口をきくとはな」

「それは、仕方ありませんでしょう。私は地方へ出ていることが多うございましたから」

「それは皮肉か?」

「いえ、事実を申し上げているだけですが」

希仁は、心底不思議そうな表情を見せたが、

「それ、その率直さだ」

龐太師は不快げに眉根を寄せた。

「は?」

「そなたは、言葉を飾るということをせぬ。謙遜というものもせぬ。その遠慮のない物言いが、反感をかうことがあると言っておるのだ」

「反感、ですか。しかし、すべての方に等しく好感を持っていただくことなど、土台無理な話かと存じますが」

「だからといって、反感や敵意を放置しておいてよいというわけでもあるまい」

「知らないものに対処のしようがございません」

終始、希仁は困惑の表情である。

「そなた、本当にわかっておらぬのか」

「何をでしょう」

「己がどう評価されているか、どんな評判がたっているか」

「気にしたことがありませんもので」

「ふん、口ではなんとでも言えるな」

吐き捨てたが、口調に比べれば龐太師の機嫌は悪くなかった。

「仮に、真実、世間の評判が気にならないとしよう。ではなぜ、そなた、世間受けするような言動をとるのだ」

「世間受け、ですか？」

「それも自覚がないと？」

「申し訳ありません。本当に身に覚えがないのです」

「あくまで、しらを切るか。……まあよかろう、では説明して進ぜよう。たとえば、このたびの一件を庶民がなんと見ているか、どれだけ把握しておるな？」

「一日も早く解決をすればよい、とのみ」

「まことに、世間がそれだけしか考えておらぬと？」

「それ以上、なにを望むことがあるのでしょうか」

「少し、そなたをかいかぶっておったかな」

龐太師は、一気に不機嫌な表情になり椅の背に深く身をもたせかけた。

「そなたは庶民に人気がある」

「そうでしょうか」

希仁は不思議そうに首をかしげる。

「清廉潔白(せいれんけっぱく)、裁きは公平。晴れわたった空のようだという意味で『包青天(ほうせいてん)』と呼ぶ者もいるとか」

「他愛もない、戯(ざ)れ言です」

「そうかもしれぬ。そうではないかもしれぬ。だが、民草(たみぐさ)の人気は侮りがたい。そして、そなたの名声があがるのと同時に、名声を奪われる者が出てくる。『包青天は庶民の味方、それにひきかえ誰彼は』とな」

そこで反応を見るように、龐太師は言葉を切った。

短い沈黙のあと、軽いため息が聞こえた。

「それは……つまり、私が目立つと他のどなたかが迷惑をなさる。だから、人気取りをやめろとおっしゃっているのでしょうか」

「そなた、正直すぎると言われぬか？」

龐太師はあからさまに顔をしかめた。篤実そうな漢（おとこ）の顔が一瞬、酷薄そうにゆがんだ。

希仁の表情は変わらない。

おっとりと柔和なままに、

「むしろ、言を左右して韜晦してばかりだと言われています」

「そんなことを申す者の顔が見たいものだ」

「いつでもごらんにいれます。当方までお運びいただけさえすれば」

龐太師の表情が凍った。

開封府まで出向いてこい。

そういう意味に捉えたのだ。

すなわち、この一件の審理の場にひきずりだすぞ、と。

龐太師の顔を見ながら、希仁はふわりとした微笑を浮かべて言葉をつづけた。

「お話というのはその件のみかと拝察いたしますが、いかがでしょう。他に特になければ、私はそろそろこのあたりでお暇いたします」

意外になめらかな仕草で立ち上がりそのまま軽やかに一礼すると、龐太師の反応も確認せずに背を向けた。

龐太師は一瞬、腰を浮かして制止しようとしたが、一息ついて再び腰を下ろした。そのまま彼は、「憮然」という言葉が形になったような眼光と口元で、飄然と歩み去る包希仁の後ろ姿を追っていた。

帰路は家令どころか童僕ですら案内に出て来なかったため、轎が待つ場所まで戻るのには少し時間がかかった。自邸内でも迷うといわれるほど注意散漫な希仁が、それでも独力で元の場所に戻ったのは立派というべきかもしれない。ひとりで姿を見せた主に、待っていた官衙の兵たちは少し驚いた表情を見せたが、主の穏やかな表情と変わらない挙措に安堵したか、何事もなかったように轎を整え列を作り開門を求めた。

制止されることも覚悟していたのだが、あっさりと門は開いた。

すでに日はとっぷりと暮れている。

開封の街路は夜中でも人通りがあるものだが、さすがにこれほどの邸宅が建ち並ぶ界隈では、よほど逼迫した所用がある者でなければ出歩くことはない。

邸宅を囲む高い牆壁からは、内部の灯火が漏れ出てくることもない。ただ、邸内にうっそうと茂る樹木のおぼろな影が、牆壁ごしにのしかかってくるのがかすかな月明かりでわかる程度だ。

一行は用意していた灯籠を掲げながら、人気のない道を無言で急いでいた。

あと少しで、比較的明るい道に出ようかという頃合いだった。

「誰だ」

一行の先頭を歩いていた兵が、声を上げた。

さほど大きな声ではなかったが、冷えた夜の底に意外なほどによく響いた。

声と同時に、一斉に兵たちは身構え轎の周囲に集まる。数人とはいえ、その動きは統制がとれていた。

轎の覆いがかすかに動いたが、

「お出になりませんよう」

即座に低い制止が飛ぶ。

「何者か。名を名乗れ。でなければ、道をあけよ」

闇を透かしながら、さらに誰何(すいか)の言葉が飛ぶ。

人影は動く気配がない。

「これは、開封府の知事どのの一行である。再度、告げる。道を譲るべし、さもなければ……」

声が途切れた。
ずい、と人影が近づいてきた。
「下がれ！」
叱責は、得体の知れない相手と味方と双方に向けたものだった。兵たちは轎の前後に
ぴたりと寄り添いそれぞれの方角を向いた。
人影はひとつ。
だが、闇の中にはまだどれだけの数が潜んでいるかわからない。だから万全の態勢を
とったのだろうが、それが裏目に出た。
人影の動きは素早く、まったく迷いがなかった。
周囲の闇をまとったような姿がわずかに動いたと同時に、兵の一人が声もなく崩れ落
ちた。
気配を感じて振り向いた一人が、同様にぱたりと倒れる。倒れた瞬間、何に触れたか、
兵の刀がかすかな金属音を立てた。
兵たちの息づかい。
腕が風を切る音。
わずかな間に聞こえたのはその程度。
音が止んだ時には、兵たちは全員地に倒れ伏していた。

影が轎の真横に立った。

鞘から剣を抜く、かすかな摩擦音が響いた。刀身が、ちょうど雲間から挿したほのかな月明かりを反射する。

影は、無言のまま、躊躇うこともなく剣を轎の横腹へと突き立てた。

一連の動きは、まるで舞踊のように洗練され、計算され尽くしていた。思惑違いがあったとすれば、ただひとつ、その剣が目指す人間の身体には届かなかったことのみ。

剣が突き立てられたのと同時に、刺客とは反対側の轎の側面に、流れ出るように人影が現れた。

「困りましたね。話がしたいのであれば、せめて名乗っていただきたいのですが」

顔色ひとつ変わっていなかった。

剣が届かないだけの微妙な距離もきちんととって、希仁はただ、佇んでいた。

さすがに笑顔はないものの、恐怖も緊張もない真顔である。これを孫懐徳あたりが見れば、さすがの包希仁も危機感を持ったかと感じ取るところだが、あいにく初対面とおぼしき刺客にはそういう内情は知りようもない。

この冷静さを挑発と解釈したのだろうか。

影が一瞬、かすかに膨らんだように見えたのは気のせいだろうか。

轎から剣を力任せに引き抜くと、振りかぶる。

同時に、轎が刺客の方へと倒れ込んだ。

希仁がとっさに、蹴り倒したのだ。蹴った勢いのまま、飛びすさったところまでは立派だったが、足下の小石につまずいたか軽くたたらを踏んだ。

思わぬ反撃に一瞬ひるんだ刺客だが、隙を見逃すような真似はしない。轎を楽々と飛び越えると、再び鋭い風音が響いた。のけぞるようにして、希仁はその刃も避けた。逃げたといった方が正しかったが、それでも凶刃を避けたのには間違いなかった。

「ちっ！」

かすかな吐息のような声だった。

それでも、初めて刺客があげた声だった。その息の中に、確実に焦りが混じっていた。とはいえ、それで希仁の身が安全になったわけでもない。官兵は全員、地に伏したまま生死のほども定かではない。刺客と希仁の間にすでに盾になるものはなく、希仁は身に寸鉄も帯びていない。その上に、ふだんから低い石段や敷居にすら蹴つまずくような不調法で、このままではいずれ追い詰められることは明らかだった。

「何が目的かわかりませんが」

この期に及んで、話しかけるのは相当な度胸といっていいかもしれない。しかも、未だに顔色は変わらず声に震えもない。

「とにかく、名を名乗ってもらえませんか。できれば、用向きも」

歯の間から絞り出すような声が漏れた。

「しかし、話を伺わないことにはそちらの欲していることがわかりません。もしかしたら、こんな乱暴な手段に訴えずとも、解決できることかもしれないではありませんか。ならば、無駄に血を流す必要はないでしょう。私も、理由のわからないことで襲われるのは不愉快ですし」

「黙れ」

声があきらかに苛だちを隠せなくなった。

剣を希仁の方へ真っ直ぐに向けたまま、ずいと一歩踏み出した。

希仁も一歩下がる。

双方、相手の出方をみながら、じりじりと間合いと息を計る。

先にしびれを切らしたのは、刺客の方だった。

雷光のように剣が閃いた。

希仁も飛びすさろうと反応するが、とうてい対応できるわけがない。

あわや、という瞬間。

がつりと物のぶつかる激しい音がひびいた。

夜目にも白い麻服の人影が、両者の間に割って入っていた。

「宗之」

書生の楊宗之だった。

「間に合いましたか」

肩越しに振り返った若者の半顔に、

「とんでもない、遅いですよ」

希仁は文句をつけた。

つけられた若者の方は怒るどころか苦笑して、

「なんだか、余裕がおありのようでしたので」

「時間稼ぎをしていたんですよ」

「そうですか。よろしければ、もう少し続けてごらんになりますか？」

長い白木の棍を隙なく構えながら軽口を叩く宗之に、刺客の方があとずさった。

それを見てとったか、

「宗之、怪我をさせぬよう」

注意が飛んだ。

言われた方は、多少うんざりという気配で、

「わかっています。だから、棍を選んできたんです」

自信たっぷりに言ってのける。

どこか芝居がかっているように聞こえたのは気のせいか。

それを聞いた刺客の黒い影の輪郭が、殺気でふくらんだように見えた。

「捕らえられますか？」

さらに静かな希仁の声が夜の底を流れた。

打てば響くように、

「やってみましょう」

宗之の答えが返る前に。

思わぬ反撃にとまどったのか、それとも時間を掛けすぎたと悟（さと）ったのか希仁と宗之の緊張感のない会話に気を削がれたのか。

「あ、待て」

宗之が声をあげたが、刺客の影はすでに踵（きびす）をかえして闇の中に紛れた後だった。

「追えませんか」

袍の塵を払いながら、ゆっくりと希仁が若者の傍らに立った。

「できないわけではありませんが、相公をここに置いていくわけには。それに彼らも」

宗之は機敏に棍を小脇に抱えこみ、倒れたままの兵の上にかがみこんだ。

「気を失っているだけのようですね。そちらは？」

希仁も若者に倣（なら）って、手早く確認に回る。

「全員、息がありますね。まずはよかった」

「長居は無用です、相公。手当をして、早く官衙に戻りましょう」

　ふたりの顔を見たとたん、孫懐徳はまず激怒した。

「だから、何度も申しあげたではありませんか。お立場をお考えくだされ、と。身辺の警護をもっと増やしていればこのようなことにはならず、御身はもとより、兵たちの身も危険に晒すようなことはなかったのですぞ。いやいや、誰も怪我をせずにすんだからいい、などとは言わせませんぞ。このようなことは、金輪際あってはならぬことなのですから。……ああ、この裾の汚れはなんですか、泥まみれ埃まみれではありませんか。だいたい、宗之も宗之だ。相公との申し合わせをしていたなら、こちらにもひとこと話があってもよさそうなものを」

「そんなことを話したら、希廉どのに大反対されるに決まってるじゃないですか」

　つい口答えした宗之だが、孫懐徳の一瞥で口をつぐむ。

「そんなに宗之を責めないでやってください、希廉どの。私が頼んだことなんですから」

　希仁がかばったが、

「もちろん、一番の責任は相公にあります」

ばっさりと切り捨てられた。

「そもそも、こんなことならば龐太師のお招きなど、お受けするべきではなかったと思いますが」

希仁の着替えを手伝いながら、なおも説教を続ける懐徳に、

「でも、絶好の機会でしたからねえ。こうでもしなければ、相手が釣り出されてくれるとは思えませんでしたから」

にこにこと笑いながらいう希仁とは対照的に、懐徳の顔が固まった。

「なんとおっしゃいましたか」

「ですから、相手を釣り出すためには必要なことだったんですよ。宗之がいてくれて、本当に助かりました」

「助かりました、ではございません」

怒髪天という言葉を具現化したようだった。

「いったい、どういうおつもりでこんなことをお考えになったのか、きちんと、最初からご説明願えますか」

楊宗之はそっとその場から逃げだそうとしていたが、今度は希仁の方が見逃さなかった。

「宗之」

目だけの制止で、宗之の足はぴたりと止まった。

「わかりました。説明しますから、長衫をきちんと着てしまうまで待ってください」

そもそも、こういった着替えの世話は侍童か書生がやるものだ。

それを、もう夜遅いからと侍童を追い返し、宗之の手伝いも拒否して懐徳がかって出てきた時点で彼の意図は明白だ。だから、長い、予想どおりの説教もおとなしく拝聴した。

「とはいえ、今更説明することはあまりないように思うのですが」

「要は、ご自身を囮に龐太師を釣り上げようとなさったということですか」

「違います」

「は？」

肯定されることを疑っていなかった孫懐徳は、目を剝いた。

「釣り上げようとしたのは事実です。ですが、相手は龐太師ではありませんよ」

「ですが……」

現に、太師邸からの帰途に襲われている。

「考えてもみてください。呼び出しておいて帰り道に襲うなんて、己が疑われるようなことをわざわざ、しかも龐太師のような地位と権力を持っている方がすると思いますか」

「ですが」

「太師が私の首をとる気なら、直接、手を下す必要などありません。朝廷で私を弾劾すればいいことです。理由など、いくらでも捏造できます」

「しかし、いくら龐太師でもお一人の主張でそのようなこと……」

そもそも、もっと上におわす方が認めないだろう。言外に言ったが、

「私のような末端の臣の職を解くなど手もないことですよ。謀反の疑い有りとでもいわれたら、誰も反対はできないでしょう。同類とみなされれば、簡単に首が飛ぶから逆らう者はいないでしょうし」

にこにこと笑いながら、恐ろしいことをいう。

「まあ、今の龐太師に逆らうのは、私ぐらいなものでしょう。でも、権力をお持ちの龐太師が、自ら手を下すなどあり得ません。まして、自分の仕業と疑われるような手段で」

確かに、策としては稚拙に過ぎる。

「では、あれはいったい……」

だれの仕業だったのでしょう、と、宗之がつぶやいた。

「おそらくは、龐太師と私との間の溝を深くしておきたい勢力でしょうね」

「離間策ですか？」

「私が龐太師を恨んでこの一件を厳しく裁けば、当然、あちらも報復に出る。どちらに理があるかはこの際、問題ではありません。混乱が起きれば良し、私か龐太師か、できれば双方ともにお咎めを受けて失脚すればありがたい。少なくとも、私の評価や世間の評判を下げることぐらいはできるだろう、と」

「ですが、いったいだれがそんなことを」

「それがわかれば、苦労はしないのですが」

「なんですか、それは」

目途もつかないのでは、なんのために希仁が自身を囮にして危険な目に遭ったのか、懐徳が肝を冷やしたのかわからない。

「まあ、普通に考えて数が多すぎます。もう少し絞りようがあればと思って、仕掛けてみたのですがねえ」

　相手の逃げ足が思った以上に速かったと、希仁は苦笑した。

「宗之が少し、強すぎましたかね」

「私のせいですか？」

　宗之が苦笑しながらも抗議の声をあげた。

「いやいや、ありがたいと思っていますよ。あちらももともと早めに切り上げるつもりだったかと思いますし」

「は？」

「ああ、私の生命を取る気はなかったかと思いますよ。せいぜい怪我をさせる程度でしょう。私が怒りにまかせて秦元興を処分することを期待するのなら、私を生かしておかなければなりませんからね」

「ああ……」

だからこその余裕だったのかと、ようやく懐徳にも納得がいった。

「ただ、だからこそ、この機会に捕らえたかったんですがね」

「あの状況では……」

無理でした、と、さらに宗之が文句をつける。

「わかっていますよ。でも、愚痴ぐらいは言わせてください」

「それで……これからどうなさるおつもりですか」

にこにこと笑っている希仁に、懐徳が訊いた。まだ腹の虫が収まっていないのか渋面のままだが、声は少し穏やかになっている。

「さて、ここで最後の手を出してしまっていいものかどうか」

見極めどころが難しい、と、希仁は珍しく考えこんでしまった。

「張三の生死がはっきりさせられればいいのですがねえ。遺骸でもなんでも、見つかれば秦元興の罪も問えるのですが」

「処分するおつもりですか」

「まあ、この一連の騒ぎの大元となった責任は、とらせるべきだと思っていますが」

と、言いつつ、

「……とりあえず、釈放しましょうか」

あまりにもあっさりと言われた言葉に、

「は？」

意味を把握しそこねて、懐徳のみならず、宗之までが凍りついた。


その通達を聞いた官衙の誰も彼もことごとく、懐徳や宗之と同じ反応を示した。

釈放の旨を聞いた秦元興本人までが、同じ反応だったというから笑えない。

しかも、

「やむを得ない事情があったとはいえ、長い間、身柄を拘束して申し訳ありませんでした。その詫びとして一席設けたいのですがいかがでしょう。ついては数日先が中秋にあたるので、その夜、中秋の宴（うたげ）も兼ねてというのも風流だと思うのです。よろしければ、その日まで官衙内に留まっていただければありがたいのですが」

と、包知事から直接、丁重に申し出があった日には、振り上げた拳の落としどころすらなくなり、すっかり毒気をぬかれてうなずくしかなかった。

もちろん、官衙内には好意的には迎えられない。

「何を考えておいでだ、知事どのは」

批判というよりは意図がわからず混乱した者の方が多かったのだろうが、この噂が外へ拡散するのも、当然早かった。

「見損なったかのう」

「我々がかいかぶりすぎたのだ」

「青天とはおこがましい、とんだ曇天だ。いや、土砂降りの荒天か」

そんな声が、懐徳たちの耳にも聞こえてくるようになった。当然、希仁本人の耳にも届かないわけはないのだが、いっこうに気にする風もなく、

「宴席は、それほど大仰なものでなくてもよろしいでしょう。お決まりの品と、佳い酒があれば十分。その分、手配はしっかりとお願いしますよ、希廉どの」

面倒だけ押しつけて、あとは知らぬ存ぜぬを通してしまった。

懐徳としては文句のひとつも言いたいところだが、そういう時だけは空気を読んで真面目に仕事に集中してしまうので、苦情はのみこむしかない。

「まったく、ずるいお人だ」

宗之に愚痴をこぼしたが、言われた方は、

「何を今更なことをおっしゃってるんですか。相公にはなにか、お考えがあるのでしょう」

「何を考えておいでだというのだ」

「それがわかれば、相公にとって代われますよ。とにかく、相公を信じておっしゃるとおりにしてみましょう」

まったく、今時の若い者はとお決まりの愚痴を言いながらも、それで懐徳も命じられたとおりの手配を始めた。

当日の夕方、長い間暮らした房をようやく秦元興は後にした。

「やれ、脚がすっかり鈍ってしまった、それに心労で痩せてしまった。これは知事どのに責任を負っていただけるのか、補償はたっぷりしていただかなくては」

等々、あれこれと苦情を述べたてたが、顔色はよく明らかに以前より太っていたので誰も相手にはしなかった。

宴は、官衙の中でも表に近い一画にある書院に設けられた。

高い白壁に囲まれた院子の地面には整然と石畳が敷き詰められ、壁際に多少の竹が植わっている程度で殺風景この上ないが、見ようによっては清雅といってもいい場所である。そこへ数脚の椅や几をゆるやかに配置したところは、なかなか風流に見えた。

月の出の少し前から、宴は始まる予定だった。だが、その時刻になってから、主催たる包希仁からまだ仕事が片付かないので遅れるとの伝言が届いた。先に始めてよいとの言葉があったため、席を用意していた下吏が秦元興を最上座に据えて酒を呑ませ始めた。これがかなり上等な酒だったらしく、一杯目から秦元興の機嫌が一気に良くなる。

さらに数杯、また数杯。

しばらくの間、ほとんど酒を口にしていなかっただけに酔いは早かった。秦元興の酔いがいい加減回った頃にゆっくりと月が昇ってきた。

「いい月ですね」

と、普段着の長衫に着替えた包希仁がその場に姿を現した時には、秦元興の受け答えは怪しくなっていた。

「いや、知事どの、知事どの、このようなもてなしを受けるとは恐悦至極」

呂律(ろれつ)はまったく回っていない。

「満足、いただけましたでしょうか」

「いや、まったく、まったくもって」

ものも食べずに酒をあおれば、こうなるのはわかりきっている。

数語話すか話さないかのうちに、軟体動物のようになってしまった秦元興を見てとって、

「轎に乗せて、ご自宅までお送りするように」

淡々と包希仁は命じた。

宴は始まったばかりですのに、という反対は周囲からは出なかった。

三人がかりで秦元興が運び出されたのを見送って、

「さて、仕切り直しましょうか」

秦元興に出した酒肴はすべて一旦片付けさせ、改めて簡単な料理と酒が運ばれてくる。陪席したのはこの官衙の主立った官吏が数人。本来はこの人々の慰労のために設ける予定の宴だった。他に、官衙に働く者たちすべてにも、それぞれの地位に応じてそれぞれの場所で酒肴がふるまわれている。

希仁は陪席の官吏たちに穏やかにあれこれと話しかけているが、会話が弾んでいるとはとても言えない状況だ。普段は今ひとつつかみどころがなく、仕事以外では距離を置いている知事とこんな卓を囲むことになった官吏たちもいい災難だと、孫懐徳は思った。ちなみに懐徳は、料理や酒を出す手順や皿を引く機会に目配りするために休む暇もない。

もうひとり、楊宗之も希仁の宴席の場にいた。

といっても席を与えられる立場ではなく、希仁の背後、しかも人々の視界に入らない影にひっそりと立って院子に目を配っていた。なにしろ、警護の官兵も捕吏もほとんど今夜はふるまい酒を呑んでいるし、一部は秦元興を運び出していったまままだ戻ってこない。

懐徳の憂慮と宗之の心配をよそに、卓の上の肴がほぼなくなり盛り上がらない宴も終わりに近づいてきた頃だった。

それまで皓々（こうこう）と冴えた光を放っていた月が、ふいと雲に隠れた。

と同時に、

「変だ」

宗之がまず、つぶやいた。

異変は、風にのって流れ込んできた。

かすかではあるが生臭い匂いが院子（にわ）に漂ったかと思うと、竹が植わっている片隅にぼうと影のようなものが浮かび上がった。

「何者！」

と、楊宗之が大声で駆け寄ろうとするのを、

「宗之」

希仁が制止した。

陪席の官吏たちは立ち上がったものの、異様な雰囲気を感じ取って全員があとずさる。

結果的に、宗之と椅に悠然と座ったままの希仁とがその影に相対することになってしまった。

「……申し……あげます」

低い、地を這っているような声が耳に届いた。

「申しあげ……ます。ひとこと、お恨みを申しあげに参りました」

官吏たちがざわつく。悲鳴を懸命に押し殺したといった方が正しかったかもしれない。一目散に逃げ出さないのは、上司たる希仁が微動だにしないのに置いて逃げる訳にもいかないという、ただそれだけの理由である。

それを尻目に、

「聞きましょう」

希仁は言ってのけた。

「まずは、名を名乗りなさい」

「張三の幽魂でございます」

影は絞り出すように告げた。

なるほど、あの陰気な張三の口調に似ていないでもない。

「相公」

希仁だけに聞こえるように小声で注意を促したが、

「続けなさい」

希仁は静かに、幽魂と名乗った影に命じた。

「あの者を、秦元興を何故、解き放たれました。あの者への恨みは、包青天がきっと代わって晴らしてくださるものと、信じておりましたのに」

「それで、恨み言ですか」

幽魂と会話が成立しているというのも、相当異様な光景なのだが、それに淡々と相づちをうっている希仁もかなりおかしい。

「それで、私にどうしてほしいのですか？」

「あの男を、私と同様の目に遭わせていただきたく」

「同様の目とは？」

「腹を刺されたのです。あの熱さ、痛み、悔しさを、あやつにも」

そういえば、薄暗くて判然としないが腹のあたりに染みがあるようだ。

「それは無理ですねえ」

希仁の口調は揺るがない。

「この場合、下手人(げしゅにん)の生命をとるまでの処罰はできませんし、仮にそういうことになったとしても、同じ方法での処刑というのは規定にありませんし」

何を真面目にそんな解説をしているのやらと、宗之があきれているうちに、

「本当にそういう目に遭ったのであれば、こんな宴の夜ではなく、裁きの場に出て堂々と主張してみてはいかがですか」

もっとあきれ果てる提言が飛び出した。

「……相公（との）、さすがに幽魂に白昼出て来いとは」

差し出口とは思ったが、宗之は希仁の耳元でそう言わずにはいられなかった。

「でも、遺骸を運びこむことぐらいはできるでしょう？」

「は？」

「まあ、そういうことですから」

と、希仁はわだかまっている影に向かって告げた。

「きちんと本人がこちらに訴えて出てくるならば、たとえ遺骸になっていたとしても、こちらで取り上げこちらの法で裁きます。でなければ、冥府の閻魔大王に訴えそちらで裁いてもらうのが筋というもの。どちらに訴え出るかは、貴公が選んでください」

確かに筋は通っているが、どこかずれている気がしないでもない。それを、真面目な顔で幽魂とやらに説くのもどうかしている。

「相公……」

なんと言っていいものか、半ば脱力しながらも宗之は主に注意を促した。

挑発された幽魂が、どんな報復にうってでてこないとも限らない。

案の定、影がゆっくりと伸び上がった。人の背丈まで立ち上がったかと思うと、すうっと上方へ飛び上がった。

「あ、待て」

宗之があわてて追いかけようとしたが、

「追うな！」

珍しく厳しい声が飛んだ。

思わず脚がすくんだ瞬間にはもう、影は塀の上の瓦を踏んでいた。がちゃりとかすかな音が聞こえた。

「お恨み、いたしますぞ、包青天。この報いはかならず」

それだけ言い残して、影は消えた。

「相公（との）！」

「追っても無駄です。それより」

嘆息が言葉の後に続いた。

「皆の介抱を。皆、怖がりすぎだとは思いますが」

さすがに気を失っている者はいないが、腰が抜けたか、石畳の上に直接へたりこんでいる者ばかりだ。

唯一、怯えながらも踏みとどまっているのは、孫懐徳のみ。

「希廉どの、奥へ知らせて人を呼んできてください」

「しかし……」

「安心していいですよ。もう、出ません。少なくとも、本物の幽魂は現れていませんから」

「へ？」

「だから、あれは幽魂でもなんでもない。人の仕業ですよ」

「で、ですが……」

「宗之ならわかっているのではありませんか」

指名を受けて、宗之は口ごもりながら応じた。

「……本物の幽魂なら、姿を消すのに塀の上へ飛び上がる必要はありません。その場でかき消えて見せるでしょう」

「あ、なるほど」

希仁がよくできましたと言わんばかりの笑顔でうなずいているのを見て、宗之はほっとした。

本音を言えば、宗之もまんまと騙されていたのだ。だが、最後の最後、影が飛び上がったところでやっと気がついた。足音をたてる幽魂など、あり得ない。

「夜が明けたら確認してみるといいですよ。たぶん、塀の瓦の上に足跡かなにか、ついていると思います」

「飛び上がったのは、どうやって」

「近くの木の枝を利用して、釣り上げでもしたのでしょうか。そのあたりも調べてみれば、縄かなにかの痕跡が残っているでしょう。どちらにしても、調べるのは明日の朝で十分ですから。とにかくこの場を片付けてしまいましょうか」

うながされて、宗之は官吏たちの手助けにかかり、懐徳は奥へ駆けこんでいった。

その夜半、秦元興を自宅へ運んでいった官兵のひとりが、ばたばたと戻ってきて報告した。

「申しあげます。秦どのの屋敷に侵入しようとした者、数名を捕らえました。こちらへ連行中です」

「お手柄（てがら）でした。牢は空けてありますから、すみやかに収容して警備を厳重にするように」

いつになくてきぱきと指示を出す包知事に、官兵は少なからず驚いたようだが、彼が引き下がったあと、楊宗之にささやいた言葉を聞けば腰を抜かしただろう。

「中のひとりをわざと逃がしますから、後をつけてみてください」

「は？」

「おそらく、幽魂の操り主の元へ報告に戻ると思いますので」

「なるほど」

「数人、一緒に連れていっていいですから、逃さないよう、まかれたりしないよう気をつけてください。それと、居場所をつきとめてもむやみに乗りこんだり接触をはかったりしないように」

宗之も、そのあたりはわきまえている。宗之はあくまで包希仁が面倒をみている書生であり、私的な使用人である。相手を法的に罪に問うなら、公に認められている官憲の手で捕らえるなり処断しなければ筋が通らない。

「明日以降に、一気に決着をつけたいと思います。そのためにも、頼みます」

「承知しました」

宗之の返事を聞くと、にこりと笑って希仁は奥へ引き取ってしまった。

自分の企みが失敗することなど、微塵も考えていない余裕ぶりである。

だが、翌朝、宗之が命じられたとおりの仕事を終えて帰邸してみると、情勢は一変していた。

「張三が名乗り出てきた？」

「正しくは、逃げこんできたといった方がいいですかね」

希仁は、書斎でなにやら面倒そうに書きものをしていた。

「やはり、生きていたのですか」

「殺される、何でも話すからかくまってくれと、夜明けと同時に開封府の門を叩いてきましてね。昨夜の脅しが、そうとう効いたようですね」

眠そうな目で、それでも人が悪い笑顔を浮かべた。

「ああ、訴えるなら遺骸をこちらへ運びこめと唆した件ですか」

「仲間に本当に殺されそうになったそうですよ。さすがにここに持ちこむ気はなかったようで、仲間に運河に浮かべられそうになったと言ってましたが。そもそも、まともな頭があれば最初から利用されたあげく捨て駒にされることは理解りそうなものなのですがね」

と、めずらしく苦笑いしながら筆を擱いた。

ちなみに、張三の家の血痕は豚の血で偽装したもの、前夜の偽幽霊の生臭い匂いも同様だった。

「宗之、帰ってきたばかりで申し訳ありませんが、これを捕吏の長に渡した上で道案内をしてくれませんか」

書き上げたばかりの書面に官印を押して、無雑作に差し出しながら包希仁は頭を抱えた。

「寝不足ですか？」

「希廉どののお説教を予想したら、頭が痛いだけです」

「それは自業自得でしょう」

と言いそうになるところを、寸前で思いとどまった。頭を抱えたままの希仁に揃えた指先だけで行けと示されて、宗之はその命令書をひったくるように受け取り、飛び出した。

捕縛に関しては、宗之は手を出さなかった。捕吏たちの仕事を横取りするわけにはいかなかったし、多勢ならばともかくたった三人では宗之の出る幕はない。

実のところ、あと一歩踏みこむのが遅ければまんまと逃げられるところだった。彼らが張三の逃亡に気がついたのが夜明け後だったことも幸いしたが、なにより希仁の判断の速さがものをいった。

希仁に報告すると、もう正午である。

「ご苦労さまでした。おかげで、明日中には片がつきそうです。明日までゆっくり休んでください」

言外に、少なくとも今日は孫懐徳の説教はない、という告知だった。

「宗之には甘いですな」

青年がひきとったあと、懐徳が顔を出してちくりと皮肉をいった。

「今回は完全に私の都合で振り回してしまいましたからね。その分のお叱りは、私が引き受けますから」

「あたりまえです」

「一件がこれですべて片付くんですから、大目に見てください」

希仁は話しながら、几に向かい筆を走らせている。

「結局、今日、ひっ捕らえてきた者たちがすべての黒幕だったわけですか？　だいそれたことを企んだわりには、無名でたいした官位もないような連中のようですが」

「とりあえずは」

「と、おっしゃるということは、もっと背後に大物がいると思っておいでで？」

念を押すと、

「ひょっとしたらと、期待していたのですがね」

ぶっそうなことを言う。

「最初はただ、私を妬んで評判を落としてやろうと仕組んだだけのようです。それが存外にうまくいって欲が出た。まあ、仮に大物が控えていたとしてもこれ以上の背後の追及は無理でしょう。まったく、これほど大騒ぎしておいて捕らえたのが鼠数匹のみというのは不本意極まりない。残念です」

不機嫌そうにいう希仁を、

「冗談にもそういうことはおっしゃらないでください。相手が大物だったら、失脚なさっていたかもしれないのですよ。その程度の小物でよかったではありませんか」

懐徳の叱責がすかさず入る。

「たしかに」

希仁にしてはめずらしく苦い笑い方をした。

要するに、「庶民の味方」との評判の包青天が庶民の味方でない裁きを下した、という事実を作り喧伝しようとして、張三を抱きこんで無理無体な商売をさせた、というのだ。

金を持っていそうな軽薄な人間に声をかけて、詐欺すれすれの面倒な取引をし、開封府に訴え出るように仕向けたまではよかった。

その相手がやたらと傲慢な上に執念深く、龐太師などという大物中の大物が釣り出されたのが誤算といえば誤算だった。

希仁の言うとおり、せめて痛み分けの判決が出た時点で諦めておけばよかったものを、なんとしても包青天に恥をかかせてやる、龐太師が出てきたのを利用していっそ失脚にまで持ちこんでやろうと、

「欲をかいたのが運の尽き、というやつです」

身もふたもない言い方で、まとめてしまった。

秦元興に殺人の濡れ衣を着せて包希仁に処断させ、

「龐太師の怒りを誘って太師に私を処分させようと思ったようですが、小細工をしすぎましたね。そのまま何もしない方が、連中の期待通りになったでしょうに」

つまり、希仁は秦元興を厳しく処罰する気だったということだ。

「別に、秦元興が人を殺したとまでは思っていませんでしたよ。あまりにも証拠がなさすぎましたし。ただ、この騒動で開封府の本来の仕事がかなり滞ったことは事実ですから、そのあたりはきちんと責任をとっていただかないと」

ちなみに、行方不明の秦家の下男は秦元興が給料を払わないので辞めていったと判明した。

「大丈夫でしょうか？」

「龐太師だって、あんな小物のために私と相打ちになる気はないでしょう。また人気とりかと、ご不興にはおなりでしょうが」

包希仁にしては、いささか投げやりな言い方になった。

「実際、あちらも穏便に片付けたいと思っておられると思いますよ。なにか私の責任を問えたとしても、処分はせいぜい罷免までです。それで、たいして得るものもあちらにはないですし」

「そんなものでしょうか」

「とにかく、明日までには、裁きまで全部終えて報告します。騒動は大きくなりましたが、結局、人死には出ていないのでそれほど厳しくはできません。せいぜい、牢城送りぐらいですか。それをどう判断なさるかは、まあ、あちらの度量次第ということでしょうか」

龐太師の反応に関しては、すでに興味がないらしい。

「お気に召さなくて左遷される程度なら、よろこんで承りますよ。こんな面倒な仕事から解放されるなら、ありがたいです」

そこまでいって、ようやく筆を放りだすように擱いた。

「お疲れさまでございました」

十数枚にのぼる書類を、一枚ずつ確認しながら孫懐徳はしみじみと告げた。

希仁がこれほどの量の仕事を一気に仕上げたのは、懐徳が知り合ってこのかた、初めてのことだった。

「でも、やればできるのであれば、これまでもこの調子で仕事をしていただきたかったですが」

「無理ですね。昨夜から一睡もせずにやって、その量ですから。それがいつものことだったら、私は早晩、身体を壊していますよ」

これは事実なので、懐徳もこれには文句が言えなかった。さらに、その状態で先に宗之を休ませてやっているのだ。この配慮には、さすがの辛口の孫懐徳も礼をいわざるを得なかった。

「まあ、これだけ迅速に動けたのは宗之のおかげですから。そろそろ、宗之には本来の学業に専念させることも考えてやらなくてはいけませんね」

笑って、ゆっくりと立ち上がったのだが。
几についた手が紙片をひっかけた。さっき擱いたばかりの筆が跳ねて、墨滴が白い長衫に点々と飛んだ。

「褒めたそばから、これですか。まったくお気をつけくださいと何度申しあげたことか……、何がおかしいんですか？」

「いつもの日常が帰ってきたなと思いまして」

小さなあくびをかみ殺しながら、包希仁はいつものつかみどころのない表情で微笑った。

文庫版あとがき

作者の井上祐美子と申します。『青天　包判官事件簿』をお手にとっていただきありがとうございます。

『桃花源奇譚』（中公文庫　全四巻）からおいでになった方、またこれから読まれる方には、登場人物の設定に微妙な異同があるのにお気づきかと（またはこれからお気づきになると）思います。

また、先に中国のドラマなどで包青天の物語をご存知の方は、包拯のイメージの違いにとまどわれたかもしれません。

まず、中国の一般的な包青天像についてですが、もともとある程度は把握していましたし、香港滞在中にドラマを数話分見たこともあります。当時、すでに『桃花源奇譚』を書いている最中でしたが、黒くていかめしい顔に豊かな髭、額には三日月模様という本家の姿は自分の書いているものと違いすぎてどうしようと迷ったこともあります。

そもそもあの容姿や言動は庶民のための物語として語り継がれるうちにふくらみ、いろんな要素が付け加えられていったもの。日本でいえば水戸黄門の「定型」「定番」のようなものでしょうか。長い間に積み上げられてきた要素を、踏襲するのはかえって失礼かもと思い切り、自前のキャラクターで通すことにしました。

『桃花源奇譚』は白戴星と名乗る主人公をめぐるさまざまな謎を追って展開する活劇ファンタジーです。基本は宋史の列伝に加えて、『三俠五義』などの物語を参考にしました。作品の性格上、史実よりは『三俠五義』や『万花楼演義』の方に傾いていたかと思います。具体的には、戴星のモデル・仁宗は史実では満十一歳で即位しているのですが、冒険譚としては動かしにくいので十七歳に年齢を引き上げました。狄青は宋代の名将のひとりですが、実際は一兵卒からのたたき上げです。その地味ながら堅実な人物像に惹かれて、別の場で短編に仕立てたこともあります。

「雪冤記」も同様に、『桃花源奇譚』で集めた資料の中から、エピソードをふくらませました。『桃花源奇譚』の続編ではなく独立した短編で、宋史列伝に準拠して書いたのですが、困ったことに包拯のキャラクターが史実からは立ち上がってきませんでした。それどころか問答無用で「桃花源奇譚の包拯」が物語を進めはじめてしまったのは、おそらく私の力量不足でもあったのでしょう。結局、そのまま続編も書き継いでしまいました。

もちろん、こんな経緯や事情は言い訳にはなりませんが、とりあえず、この物語は桃花源奇譚の従兄弟ぐらいの感覚で読んでいただけるとありがたいと思います。そして、この口がうまくて性格が少し悪くて、でも人の気持ちがわかる包希仁がお気に召せば幸いです。

最後になりましたが、新装版の『桃花源奇譚』に引き続き、再びカバーイラストを描いていただきました鈴木康士さんにお礼申し上げます。希仁の髭問題を見事に解決していただきありがとうございました。

二〇二三年九月吉日　井上祐

単行本
『青天　包判官事件簿』二〇一四年十月　中央公論新社

初出
「雪冤記」『歴史ピープル』九月増刊号　一九九八年　講談社
「赤心」単行本時書き下ろし
「紅恋記」単行本時書き下ろし
「黒白」『C★N25』二〇〇七年一一月　中央公論新社
「青天記」単行本時書き下ろし

中公文庫

青天(せいてん)
──包判官事件簿(ほうはんがんじけんぼ)

2023年9月25日　初版発行

著　者　井上祐美子(いのうえゆみこ)

発行者　安部順一

発行所　中央公論新社
〒100-8152　東京都千代田区大手町1-7-1
電話　販売 03-5299-1730　編集 03-5299-1890
URL https://www.chuko.co.jp/

DTP　平面惑星
印　刷　大日本印刷
製　本　大日本印刷

Published by CHUOKORON-SHINSHA, INC.
Printed in Japan　ISBN978-4-12-207412-5 C1193

中公文庫既刊より

各書目の下段の数字はISBNコードです。978-4-12が省略してあります。

い-92-28
新装版　桃花源奇譚1　開封暗夜陣　井上祐美子
後宮の主に追われる少女、母を探す皇子、使命を帯びた秀才。運命に導かれ、三人は幻の郷・桃花源を目指す――中華歴史ファンタジー、ここに開幕！
207243-5

い-92-29
新装版　桃花源奇譚2　風雲江南行　井上祐美子
幻の郷・桃花源を探し都を出た一行は、道中盗みの嫌疑を掛けられる。亡国の宝と江南の歴史に隠された、桃花源の手がかりとは？　白熱の第二巻！
207244-2

い-92-30
新装版　桃花源奇譚3　月色岳陽楼　井上祐美子
六和塔の一騎打ちの末、戴星は、仲間たちと別れ、己の命を狙う刺客・殷玉堂と手を組むことに。奇妙な二人旅の行く末とは？　急転の第三巻！
207254-1

い-92-31
新装版　桃花源奇譚4　東京残桃夢　井上祐美子
遂に辿り着いた幻の郷・桃花源。しかしそこに不死の力を求める仇敵も現れて――戴星たちの最後の戦いが始まる。中華歴史ファンタジー、大団円の最終巻！
207255-8

み-22-18
科　挙　中国の試験地獄　宮崎　市定
二万人を収容する南京の貢院に各地の秀才が集ってくる。老人も少なくない。完備しきった制度の裏の悲しみと喜びを描き凄惨な試験地獄の本質を衝く。
204170-7

た-13-5
十三妹（シイサンメイ）　武田　泰淳
強くて美貌でしっかり者。女賊として名を轟かせた十三妹は、良家の奥方に落ち着いたはずだったが……中国古典に取材した痛快新聞小説。〈解説〉田中芳樹
204020-5

た-57-14
新装版　風よ、万里を翔（か）けよ　田中　芳樹
隋朝末期、戦場をかけた男装の美少女がいた。北に高句麗を征し、南に賊軍を討つ――落日の隋帝国を支えて勇戦した伝説の佳人・花木蘭を描く中国歴史長篇。
206234-4